short & easy

Jochen Till

Fette Ferien

In der Reihe **Short & Easy** *sind erschienen:*

RTB 52237

Inge Meyer Dietrich, Und das nennt ihr Mut

RTB 52239

Ralf Thenior, Zerbrochene Träume

RTB 52245

Werner Färber, Volle Pulle

RTB 52247

Bernhard Hagemann, Champions für einen Tag

RTB 52248

Elizabeth Laird, Geheime Freundschaft

RTB 52258

Jochen Till, Fette Ferien

RTB 52270

Katja Reider, Wahnsinnsliebe

RTB 52271

Brigitte Blobel, Hast du schon?

RTB 52275

Werner Färber, Einfach weg!

RTB 52287

Bernhard Hagemann, Superstar gesucht

RTB 52315

Patricia Mennen, Kopftuch

RTB 52327

Marlene Jablonski, Love Song

RTB 52337

Werner Färber, Wenn ich will, hör ich auf

Jochen Till

Fette Ferien

Ravensburger Buchverlag

Originalausgabe
als Ravensburger Taschenbuch
Band 52258
erschienen 2004

Umschlagfoto: Getty Images

Printed in Germany

5 6 09 08

ISBN 978-3-473-52258-3

www.ravensburger.de

1

„Und benimm dich, verstanden?
Dass mir ja keine Klagen kommen!“
Genau, klagen! Das hätte ich
noch versuchen können. Geht das?
Kann man seinen Vater verklagen,
weil er einen gegen seinen Willen
für volle zwei Wochen
in ein bescheuertes Ferienlager
irgendwo in der Pampa schickt?
In Amerika ginge das, da kann man alles
und jeden wegen Pipifax verklagen
und wird stinkreich dabei.
Aber was hilft's, ich bin nicht in Amerika,
und jetzt ist es sowieso zu spät,
da kommt der Bus.
Komisch, es sind gar keine Gitterstäbe
an den Fenstern, wie ich erwartet hatte.
„Tobias! Guck mich gefälligst an,

wenn ich mit dir rede! Ob du mich
verstanden hast, will ich wissen?"
„Ja, ja, verstanden. Werd ich denn früher
entlassen, wenn ich mich gut benehme?"
„Jetzt fang nicht wieder so an, Tobias!
Das hatten wir doch alles schon besprochen.
Du kannst langsam wirklich damit aufhören
so zu tun, als würde ich dich
mit diesen Ferien bestrafen wollen."
Tut er aber. Genau das ist es doch.
Mein Zeugnis war nicht so berauschend,
die Fünf in Mathe und das eine Mal schwänzen,
deswegen stehe ich jetzt hier und warte
auf meinen Abtransport ins Sträflingslager.
Dabei war das noch nicht mal absichtlich
geschwänzt.
Dieser Idiot von Ralph hatte geschworen,
die Stunde fällt aus.
„Wart's mal ab, in zwei Wochen
wirst du nicht mehr dort wegwollen,

das verspreche ich dir. Du wirst
jede Menge Spaß haben, vertrau mir."
Bestimmt nicht so viel Spaß wie er

mit seiner Neuen. Noch so ein Grund, warum er mich abschiebt. Er will mich aus dem Weg haben, damit er in Ruhe mit dieser Tamara rummachen kann. Er hat sie beim Chatten kennen gelernt und benimmt sich wie ein liebeskranker Volltrottel, sobald sie sich in seiner Nähe befindet. Zugegeben, sie sieht verdammt gut aus, was sie allerdings zu einem sehr großen Teil der Tatsache zu verdanken hat, dass sie erst 21 ist. Das muss man sich mal reinziehen. Die Frau ist gerade mal ein Jahr älter als Maja, meine Schwester. Oh, Mann, wie gerne wäre ich mit Maja und Thomas nach Frankreich zum Zelten gefahren. Sie wollten mich mitnehmen, drei Wochen lang, aber nein, mein werter Herr Papa musste ja auf diesem Scheiß-Ferienlager-Mist bestehen.

„Hast du auch alles? Was ist mit der Taschenlampe? Hast du die Taschenlampe? Die wirst du dringend brauchen, weil …“

„Ja, ja, weil wir da ganz tolle Nachtwanderungen und ähnlichen altmodischen

Schwachsinn im Dunkeln machen,
ich weiß, Papa.“
„Das ist kein altmodischer Schwachsinn,
das ist old school, oder wie man das
heutzutage nennt und es macht wirklich
Spaß, Tobias!“
Gibt es etwas Peinlicheres als Erwachsene,
die versuchen so zu reden wie wir,
obwohl sie keine Ahnung haben?
„Mit old school bezeichnet man etwas Gutes,
Papa. Etwas, das sich bewährt hat
und immer noch da ist.
Ferienlager sind nicht old school,
Ferienlager sind total für ’n Arsch.“
So, das musste einfach noch mal gesagt werden.
„Wenn du schon mit dieser Einstellung losfährst,
verdirbst du dir nur selbst die Laune
und allen anderen wahrscheinlich auch.
Positiv denken, Tobias. Immer positiv.
Nur so kommst du weiter im Leben. Los,

lächle doch mal, dann geht’s dir gleich besser.“
Oh, nein, nicht auch noch die Positiv-Keule,
Papa. Das Einzige, was mich jetzt zum Lächeln

bringen könnte, wäre ein explodierender Bus,
aber so viel Glück habe ich wohl leider nicht.
„Es geht los, du musst einsteigen. Warte,
ich helfe dir mit dem Rucksack."
„Nein, lass, das schaff ich schon."
Das hätte mir noch gefehlt,
dass meine Mitsträflinge mich,
bevor es überhaupt losgeht,
als Weichei beobachten können,
das sich von seinem Papa
beim Tragen helfen lässt.
„Wie du willst. Tja, dann also
bis in zwei Wochen, Sohnemann.
Ich wünsche dir eine ganz tolle Zeit."
„Ja, ja, bis dann, Tschüss."
Ich schultere meinen Rucksack
und trotte los in Richtung Bus.
„Lächeln, Tobias! Immer lächeln!",
ruft er mir hinterher.
Ich drehe mich noch einmal zu ihm um und
ziehe mühsam meine Mundwinkel nach oben,
ohne auch nur einen Zahn dabei zu zeigen.
„Siehst du, das ist schon viel besser!

Und vergiss bitte nicht, Herrn Wismuth
ganz besonders herzlich von mir zu grüßen, ja?"
Er zwinkert mir zu.
„Ja, ja, grüßen, mach ich."
Ich drücke meinen Rucksack jemandem
in die Hand, der ihn achtlos in den Gepäckraum
wirft, und besteige den Bus.
Ein letzter Blick zurück.
Papa steht noch da und winkt grinsend.
Ich winke mit einer Hand schlaff zurück
und gehe die Stufen nach oben. Das war's,
jetzt gibt es wirklich kein Zurück mehr,
ich befinde mich im Sträflingsbus
mit Zielort Ferienhölle.
Und mit mir etwa fünfzig andere arme Seelen,
die von ihren Eltern mutwillig um ihre
wohlverdienten Sommerferien betrogen werden.
Wo soll ich mich bloß hinsetzen?
Es ist noch überall etwas frei.
Nein, nicht ganz nach vorne,

da sitzen immer die Loser.
Auf der Rückbank ist noch was frei,
aber das traue ich mich nicht.

Auf der Rückbank sitzen für gewöhnlich
die harten Jungs, falls es hier so was gibt.
Also, ab in die Mitte, da ist noch
eine komplette Zweierreihe unbesetzt,
die nehme ich. Vielleicht habe ich ja Glück
und es setzt sich niemand neben mich,
denn ich bin absolut nicht in der Stimmung
mich von irgendeinem Hobby-Pfadfinder oder so
voll quatschen zu lassen.
„Ist hier noch frei?“
So viel zu diesem tollen Plan. Ich nicke wortlos
und nehme meine Jacke vom Sitz.
„Ähm … Meinst du …
Hättest du was dagegen …
Würde es dir sehr viel ausmachen,
wenn ich am Fenster sitze?
Mir wird nämlich schnell schlecht,
wenn ich nicht rausgucken kann.
Das ist psychisch bedingt, sagt mein Therapeut.“
Na, klasse. Was ist das denn für einer?
Das hat mir ja gerade noch gefehlt.
Wenn der mir jetzt noch die Klamotten
voll kotzt, ist mein Tag wirklich perfekt.

Ich stehe seufzend auf und lasse ihn
ans Fenster rücken.
„Vielen Dank, sehr nett von dir.
Ich heiße übrigens Matthias."
Er streckt mir seine Hand entgegen.
„Tobias", brummele ich und drücke sie kurz.
„Schön, dich kennen zu lernen, Tobias.
War ja eigentlich ganz einfach. Weißt du,
ich habe nämlich Kontaktschwierigkeiten,
sagt mein Therapeut. Und er hat gesagt,
solche Ferien wären genau das Richtige
für jemanden wie mich."
„Aha."
So, so, Kontaktschwierigkeiten. Und warum
muss er die ausgerechnet bei mir loswerden?
Ich habe auch Schwierigkeiten mit Kontakten.
Vor allem mit denen, die ich gar nicht will,
so wie jetzt gerade.
„Weißt du, ich war nämlich noch nie
allein weg, immer nur mit meinen Eltern.

Ich finde das alles hier ziemlich aufregend.
Oh, apropos: Jetzt hätte ich doch glatt
vor lauter Aufregung meine Medizin gegen

Aufregung vergessen. Ha, ha,
das klingt witzig! Nicht wahr, Tobias?"
Ja, superwitzig. Siehst du nicht, wie ich
vor Lachen gleich vom Sitz kippe?
Diese Fahrt überlebe ich nicht.
Nicht mit diesem Psycho-Scherzkeks
an meiner Seite. Ob ich mich
einfach woanders hinsetze?
Da vorne ist noch was frei, ein halber Platz
neben einem Rotgesichtigen, der von Aussehen
und Umfang her *Bulle von Tölz Junior*
heißen müsste. Nein, das kann ich nicht
bringen. Das würde das Psycho-Kerlchen
neben mir wahrscheinlich therapietechnisch
um Jahre zurückwerfen.
„Hältst du mal kurz?"
Er drückt mir eine kleine Plastikflasche
mit Mineralwasser in die Hand und wühlt
in der Tasche, die er die ganze Zeit über
auf seinem Schoß festhält, als wäre Gold drin.

„Ah, da sind sie ja. Danke fürs Halten."
Er schiebt sich eine blaue Pille in den Mund
und spült sie mit einem Schluck
aus der Flasche runter.
„Soll auch gegen Übelkeit helfen,
sagt mein Therapeut. Na ja, falls nicht,
merkst du's als Erster. Ha, ha, der war gut,
was? Oh, es geht los! Du musst dich
noch anschnallen, Tobias! Es passieren
so viele schlimme Busunfälle in letzter Zeit."
Hör auf mir falsche Hoffnungen zu machen,
so viel Glück werde ich nicht haben.
„Die Fahrt soll drei Stunden dauern,
stand in der Broschüre. Oder waren es
nur zwei? Ich bin mir nicht sicher.
Hast du die Broschüre dabei?"
„Nein."
„Meine ist im Rucksack, Mist. Weißt du noch,
wie lange die Fahrt dauern soll?"
„Nein."

Zu lange jedenfalls. Tödlich lange.
„Du redest nicht viel, oder? Bist du auch
als Therapie-Maßnahme hier?"

„Nein."
Aber wenn das so weitergeht,
werde ich dringend eine brauchen,
sollte ich das alles überleben.
„Ich habe früher auch nicht viel geredet.
Aber das ist nicht gesund,
hat mein Therapeut gesagt.
Man muss mit den Leuten reden,
sonst vereinsamt man nämlich, weißt du?"
Ich kann mir im Moment gerade
nichts Schöneres vorstellen, als mal kurz
ganz gründlich zu vereinsamen.
Dieses Psycho-Gelaber halte ich
echt nicht mehr aus. Das muss aufhören.
„Sorry, müde, schlafen", brumme ich.
Ich gähne noch ausgiebig und demonstrativ,
schließe meine Augen und drehe mich
auf die Seite. So, das sollte wohl reichen.
„Oh, du hast's gut, du kannst so einfach
schlafen. Weißt du, ich habe nämlich
außerdem noch extreme Schlafstörungen.
Dafür gibt's natürlich auch Pillen,
aber die machen einen total kaputt

nach einer Weile. Mein Therapeut denkt aber,
dass wir das bald im Griff haben.
Wusstest du eigentlich, dass über die Hälfte
der Weltbevölkerung an Schlafstörungen leidet?
Und die meisten wissen es noch nicht mal,
weil sie …"
Das reicht, ich schalte ab.
Ich höre einfach nicht mehr hin.
Ist doch kein Wunder, dass über die Hälfte
der Weltbevölkerung Schlafstörungen hat,
wenn die andere Hälfte ihnen ständig
die Ohren voll quatscht,
sobald sie schlafen wollen.
Aber nicht mit mir.
Ich werde jetzt schlafen, und wenn es
das Letzte ist, was ich tue.
Und hoffentlich, hoffentlich wache ich erst
in zwei Wochen wieder auf, wenn der Bus
in die andere Richtung fährt.
Eins steht fest: Das sind die beschissensten

Ferien meines Lebens. Und sie haben
noch nicht mal richtig angefangen.

2

„Essensregel Nummer 3: Es wird erst gegessen,
wenn alle sitzen und ich *‚Guten Appetit‘*
gesagt habe.“
Jawohl, Herr Kommandant! Mein Gott,
was denn noch alles? Vielleicht noch
hundert Liegestütze nach jedem Bissen?
Das ist kein Ferienlager,
das ist ein boot-camp und dieser Wismuth
ist der drill-instructor.
Das geht jetzt schon die ganze Zeit so,
seit wir angekommen sind.
Allgemeine Regeln, Hausordnung,
Putzregeln, Schlafensregeln,
selbst für die Toiletten gibt es Regeln.
Ich wusste, das wird der Horror,
aber auf mich wollte ja keiner hören.
Am härtesten finde ich immer noch
den Schlafsaal. Ich dachte,

wenigstens nachts hätte ich meine Ruhe,
aber von wegen. Wir schlafen alle
in einem großen Raum voller Etagenbetten.
Auf der linken Seite die Älteren ab 15 aufwärts
und auf der rechten Seite der Rest, also auch ich.
Und natürlich machen sich die Älteren
über die Jüngeren jetzt schon lustig
und haben bereits nächtliche Aktionen
gegen uns angekündigt.
Schöne Aussichten.
„Guten Appetit!“
„Guten Appetit, Herr Wismuth!“, schallt es aus
allen Kehlen, und Besteckgeklapper setzt ein.
„Was soll das eigentlich sein?“, sagt einer
der Älteren neben mir, während er mit der Gabel
in seinem Essen herumstochert.
„Ist das Fleisch? Sieht ja aus,
wie schon mal gegessen.“
„Schmeckt aber ganz annehmbar“, sage ich
mit halbvollem Mund. „Für Knastessen,
meine ich.“
Er lässt seine Gabel auf den Teller klirren
und fängt laut an zu lachen, wobei er

mir immer wieder mit der flachen Hand
auf die Schulter haut.
Ist ja gut jetzt, so witzig war das nun auch …
„Essensregel Nummer 4!“
Wismuths Faust kracht laut auf den Tisch.
„Während den Mahlzeiten ist absolute Stille
zu bewahren!“
Sein Blick geht in meine Richtung
und ist alles andere als freundlich.
Wieso denn ich? Was habe ich denn gemacht?
Das war doch der Typ neben mir,
der so unverhältnismäßig laut gelacht hat.
„Moment mal!“, sagt Wismuth und wendet sich
damit ganz eindeutig an mich. „Bist du nicht …
Du bist doch der junge … Frohwein, genau!
Du bist der junge Frohwein! Unverkennbar!“
Ja, so heiße ich, Tobias Frohwein, stimmt.
Und was soll das jetzt bitte schön?
„Du bist deinem Vater
wie aus dem Gesicht geschnitten.“
Hey, nicht frech werden, okay?
Kein Grund für Beleidigungen.
Ich sehe meinem Vater

absolut kein bisschen ähnlich, kapiert?
Oder trage ich etwa Halbglatze
mit Gesichtspullover und schiebe
einen Schwabbelbauch vor mir her?
Aber wenigstens weiß ich jetzt,
worauf er anspielt. Papa war als Junge
auch schon mal hier, ebenfalls
unter Wismuths Führung. Warum ist dieser Kerl
eigentlich nicht längst in Rente?
„Und wie es scheint,
ist das nicht das Einzige,
was du von deinem Vater geerbt hast.
Ein Störenfried und Unruhestifter
von Anfang an. Aber das wird dir hier
ganz schnell ausgetrieben,
bilde dir bloß nichts ein.
Noch mal lasse ich mir
von einem Frohwein bestimmt nicht derart
auf der Nase herumtanzen, wie es dein Vater
damals getan hat. Merk dir das.

Weiteressen, allesamt!“
Glaub ich nicht. Kann doch gar nicht sein.
Papa, ein Störenfried? Mein eigener Vater,

ein Unruhestifter? Nie im Leben.
Da muss dieser Wismuth etwas verwechseln.
Oder etwa nicht? Papa hat immer so komisch
in sich reingegrinst, wenn der Name Wismuth
gefallen ist. Und heute Morgen hat er gezwinkert,
als er sagte, dass ich Wismuth
von ihm grüßen soll.
Das wäre ja der Hammer. Mein Vater, ein Rebell.
Seltsame Vorstellung, aber cool.
„Herr Wismuth?"
Ich strecke einen Arm in die Luft
und schnippe mit den Fingern.
„Essensregel Nummer vier, Frohwein.
Schon vergessen?"
„Nur kurz, weil sie ihn gerade erwähnten:
Ich soll ihnen ganz besonders herzliche Grüße
von meinem Vater ausrichten, Herr Wismuth."
Seine Miene verfinstert sich und er scheint mir
an die Gurgel springen zu wollen.
Er atmet einmal tief durch.
„Und somit hätte sich die Frage erledigt,
wer heute den Abwasch übernimmt.
Und morgen auch, Frohwein. Und jetzt will ich

kein Sterbenswörtchen mehr hören,
bis der letzte Teller leer ist, verstanden?“
Oha.
Was auch immer Papa damals angestellt hat,
es scheint immer noch tief zu sitzen.
Und ich krieg es jetzt ab. Na, danke schön.
Na ja, das bisschen Spülen wird mich
nicht umbringen.
Vielleicht bleibt mir ja dadurch sogar
irgend so ein dämliches Geländespiel erspart.
Da stehe ich doch lieber allein in der Küche
und … Hey, du Ferkel! Der Typ neben mir
hat gerade gefurzt, und das war keiner
von der kurzen und leisen Sorte.
„Mensch, Frohwein!“, pflaumt er mich an
und boxt mir auf den Arm. „Das muss doch
nicht sein! Reiß dich gefälligst zusammen,
wir essen hier! Ist ja eklig!“
Ja, genau. Als ob irgendjemand noch
auf diese alte Nummer reinfallen würde,
 du Vollidiot.
„Und ein weiterer Tag Küchendienst,
Frohwein!“, bellt Wismuth mich an.

Oh, einen gibt es wohl doch noch.
Das kann jetzt aber nicht sein Ernst sein.
Weiß doch jedes Kind, dass der, der zuerst
laut schreit, immer auch der ist, der das Ding
hat fahren lassen.
„Aber das war ich nicht!“, sage ich lachend
und zeige auf den Verursacher neben mir.
„Das war Kamerad Blähsucht hier.“
„Auch noch lügen, verleumden
und frech werden! Das reicht, Frohwein!
Küchendienst für den Rest der Woche!“
„Nur, wenn Sie ganz lieb bitte sagen.“
„Wie bitte?“
„Nein, nicht ‚*Wie bitte?*‘, nur ‚*bitte*‘,
das genügt schon.“
„Was?“
„Wenn Sie möchten, dass ich für
den Rest der Woche das Spülen übernehme,
dann müssen Sie mich schon freundlich
darum bitten, denn als Bestrafung für etwas,
das nicht aus meinem Hintern gekommen ist,
werde ich es mit Sicherheit nicht tun.“
„Du wirst tun, was ich dir sage!“, schreit er

mich an und springt dabei von seinem Stuhl auf.
„Und du fängst jetzt gleich damit an!
Da ist die Küche, los!“
Sein Kopf ist feuerrot und sein Finger
zeigt zitternd auf die Küchentür.
„Aber wir sind doch noch gar nicht
mit dem Essen fertig.“
„Du schon! Los, ab jetzt!“
Ich erhebe mich ganz langsam,
putze mir den Mund mit einer Serviette ab,
gehe auf ihn zu, nehme seine Hand
und schüttle sie kräftig.
„Danke, Herr Wismuth. Vielen, herzlichen Dank.
Sie haben echt was gut bei mir. Wissen Sie,
diesen Fraß hätte ich sowieso nie im Leben
ganz runtergekriegt. Nicht nur, dass das Zeug
schmeckt wie Füße. So ganz im Vertrauen:
Ich habe den dringenden Verdacht, dass es
eventuell Blähungen verursachen könnte.“
Unterdrücktes Gelächter reihum.

„In die Küche, Frohwein!“, donnert Wismuth
mit sich überschlagender Stimme. „Sofort!
Sonst vergesse ich mich noch!“

Ich denke kurz darüber nach, ob ich
rein aus Neugierde herausfinden soll,
was passiert, wenn sich jemand selbst vergisst,
lasse es dann aber sein und trotte gemütlich
pfeifend in die Küche.
„Na, schon fertig mit dem Essen?“,
begrüßt mich dort eine ältere Frau
in einer Schürze.
Die Köchin, vermute ich.
„Wenn man dem Herrn mit dem roten Kopf
da draußen glauben kann, ja.“
„Strafspülen?“
„Genau. Wir sehen uns diese Woche noch öfter.
Tobias, mein Name.“
„Meierhoff“, sagt sie und schlüpft
aus einem Gummihandschuh,
um mir die Hand zu geben.
„Aber du kannst mich ruhig Agnes nennen.
Was hast du denn angestellt?“
„Ich habe nicht gefurzt.“
„Ach, und dafür wird man heutzutage
bestraft? Ich weiß nicht, zu meiner Zeit …
Na ja, ich muss ja auch nicht alles verstehen.“

„Es war der Typ neben mir,
und dann hat er es auf mich geschoben."
„Dieser alte Trick klappt immer noch?
Das hat mein Großvater, Gott hab ihn selig,
bereits mit mir versucht, als ich noch
ein kleines Mädchen war."
„Erzählen Sie das dem mal", sage ich
und nicke in Richtung Tür.
„Eine ganze Woche hat er mir aufgebrummt."
„Eine ganze Woche nur dafür?
Das ist aber sehr ungerecht!"
„Na ja, dafür und weil er meinen Vater
nicht leiden kann."
„Ja, aber das ist doch nicht deine Schuld,
oder? Weißt du was? Ich finde,
wenn du für etwas bestraft werden sollst,
das du gar nicht getan hast,
dann sollte die Bestrafung auch so aussehen,
dass du nichts tust. Komm,
setz dich da hinten an den Tisch.

Magst du ein Stück Kuchen?
Du hast doch bestimmt noch Hunger?"
Wenn der Kuchen so schmeckt wie der Rest

eigentlich nicht. Aber diese Frau ist einfach zu nett, um jetzt unhöflich abzulehnen.
„Ja, gerne, wenn's keine Mühe macht“, antworte ich und nehme an dem Tisch Platz.
„Aber was ist, wenn er jetzt reinkommt?“
„Oh, da musst du dir keine Sorgen machen!“, sagt sie und stellt ein riesiges Stück Apfeltorte vor mir ab. „Es ist Jahre her, dass ich ihn zum letzten Mal hier drin gesehen habe. Er hat wie die meisten Männer eine ausgeprägte Küchenallergie.“

Ich lache und schiebe mir vorsichtig ein kleincs Stück Kuchen in den Mund. Hey, der ist ja superlecker! Also, eine Küchenallergie habe ich jedenfalls nicht, im Gegenteil. Das ist bis jetzt ganz eindeutig der sympathischste Raum, in dem ich mich heute aufgehalten habe. Wie oft ich wohl nicht furzen muss, um hier einziehen zu dürfen?

3

„Die optimale Position zum Einschlafen
ist flach auf dem Rücken,
sagt mein Therapeut immer.
Aber komischerweise wache ich morgens
immer zusammengerollt auf der Seite auf.
Das ist die Embryonalstellung oder so ähnlich,
sagt mein Therapeut."
„Aha."
Ich glaube, wenn ich noch ein einziges Mal
das Wort Therapeut höre, ersticke ich ihn
mit seinem eigenen Kissen, selbst wenn ich
dafür zu zehn Jahren Küchendienst verdonnert
werde.
„Wie kannst du denn am besten einschlafen,
Tobias?"
Wahrscheinlich nie wieder, wenn du nicht
endlich, endlich mal die Klappe hältst. Und
das geht jetzt schon den lieben langen Tag so,

seit der Geländeführung nach dem Essen.
Dieser Psycho klebte den ganzen Nachmittag
an meiner Seite. Das habe ich nun also davon,
dass ich mich im Bus nicht weggesetzt habe.
Ich sollte lernen unhöflicher zu sein,
alles andere führt ja doch zu nichts.
„Keine Ahnung. Auf der Seite, glaube ich.
Hab noch nie so drauf geachtet."
„Das solltest du aber. Das ist elementar wichtig
für deine Entwicklung, sagt mein Therapeut."
Gib mir dein Kissen und ich setze deiner
Entwicklung hier und jetzt ein schnelles Ende.
Und ich war noch so stolz darauf
bei der Bettenverteilung verhindert zu haben,
dass er das Bett unter mir kriegt.
Nun liegt er für die nächsten zwei Wochen
einen Meter Luftlinie oben direkt neben mir.
Tolle Aussichten.
„Zehn Uhr!",
Wismuth betritt bellend den Schlafsaal.
„Licht aus und keinen Mucks mehr, verstanden?
Wer vorhat, die Nacht mit Unfug zu vergeuden,
wird das morgen bei der Wanderung

bitterlich bereuen.
Dass das klar ist! Gute Nacht!“
Das Licht geht aus und Wismuth
schließt die Tür.
Sofort setzt überall wildes Tuscheln ein.
„Mist!“, flüstert der Psycho neben mir.
„Wenn es ganz dunkel ist,
kann ich noch schwerer einschlafen.“
„Shhht!“, zische ich zu ihm hinüber.
„Sei jetzt bitte still! Ich hatte heute
schon genug Ärger mit Wismuth.“
„Oh, ja, stimmt ja, ’tschuldigung, bin
schon ruhig“, wispert er. „Gute Nacht, Tobias.“
Na also, geht doch.
Mann, tut das gut, seine Stimme mal
für eine ganze Weile nicht zu hören.
Mir graut jetzt schon vor dieser Wanderung
morgen, allerdings nicht nur wegen ihm.
Gibt es etwas Langweiligeres als stundenlang
einfach nur blöd durch die Gegend zu latschen?

Ich meine, was soll das?
Hat das irgendeinen pädagogischen Wert?
Was sollen wir dabei lernen?

Laufen kann ich jedenfalls schon.
Warum spielen wir nicht lieber Fußball?
Das wäre viel geiler.

Es gibt nämlich einen Platz auf dem Gelände,
gleich hinter dem Mädchenhaus.
Ich wusste gar nicht, dass hier auch Mädchen
hinfahren. Nicht, dass das wichtig wäre.
Mädchen interessieren mich eigentlich
so gut wie gar nicht. Ich meine, ich habe ja
nichts gegen Mädchen, aber so spannend
sind sie nun auch wieder nicht, oder?
Außer *Pink*, natürlich. Und *Beyoncé Knowles*.
Das neue Video ist ja mal so was von geil,
aber daran will ich jetzt lieber gar nicht
erst denken, nicht hier. Wie kam ich jetzt
überhaupt auf dieses Thema? Ach so, ja,
der Fußballplatz. Wismuth hat gesagt,
dass wir in den zwei Wochen
gegen die anderen Häuser spielen werden.
Und ich finde, wir sollten doch lieber gleich

morgen schon mal anfangen zu trainieren,
anstatt uns die Füße bei einer dämlichen
Wanderung platt zu laufen. Bin gespannt,
wie die Jungs hier kicken können. Oh, Scheiße,
daran hab ich ja noch gar nicht gedacht!
Was, wenn Wismuth mich nach der Sache
beim Essen heute überhaupt nicht
in die Mannschaft nimmt?
Das ist ihm zuzutrauen, so als billige Rache.
Aber nein, das kann er einfach nicht bringen,
dazu bin ich schließlich viel zu gut.
Wir sind gerade Kreismeister geworden,
und ich war Torschützenkönig.
Doch, er wird mich aufstellen müssen,
wenn er gewinnen will.
Und wer will schon nicht gew…
Verdammt, was quietscht denn hier
auf einmal so? Ist das ein Bett?
Die Betten hier quietschen höllisch.
Aber dieses Quietschen kommt so regelmäßig,
sehr seltsam. Oh, ich glaube, jetzt weiß ich,
welche Bewegungen dieses Quietschen auslösen.
Da denkt wohl jemand ziemlich heftig

an das neue *Beyoncé*-Video. Ah, Scheiße!
Was war das denn? Ich sehe nichts mehr!
War das etwa ein Blitz? Das kann ja wohl
nicht sein, oder?
„Ey, ihr Arschlöcher!“, beschwert sich eine
Stimme schräg gegenüber von mir. „Spinnt ihr?
„Hast du’s drauf?“, fragt eine andere Stimme
glucksend.
„Aber volle Kanne!“, triumphiert wieder
eine andere. „Hier, guck!“
„Boah, wie geil ist das denn? Hey, Baumann!
Ha, ha, das sieht vielleicht bescheuert aus!“
„Gib das sofort her, du Vollidiot!
Das wird gelöscht, und zwar gleich, kapiert?“
Langsam kehren meine Augen wieder zurück
in den Sichtmodus.
Ich sehe ein leuchtendes Handydisplay,
das sich zwischen zwei Betten mir gegenüber
wild hin und her bewegt.
„Keine Chance, Baumann! Hör auf,
du machst es noch kaputt! Und das Ding
war verdammt teuer! Lass los!“
„Nur, wenn du das Bild sofort löschst!“

„Okay, okay, ich lösch's ja! Aber du musst erst loslassen!"

„Na gut! Aber ich will genau sehen, wie du es löschst!"

„Ja, ja, gleich, Augenblick!"

Das Leuchten des Displays wird schwächer und eine Reihe von Pieptönen hallt durch den Saal.

„Hey, was machst du da? Du sollst es löschen, hab ich gesagt!"

„Hi, hi! Ich hab's seiner Schwester geschickt."

Jetzt weiß ich, wer das ist. Die Stimme kam mir doch gleich so bekannt vor. Das ist der Kerl, der mich beim Essen reingeritten hat.

„Was, echt? Ha, ha, wie geil ist das denn? Ich lach mich schlapp!"

Und das muss sein unterbelichteter Kumpel sein, mit dem er bereits den ganzen Tag über Leute gepiesackt hat.

„Hast du nicht! Du verarschst mich doch! Sag, dass das nicht wahr ist! Ich schwöre dir, wenn du das Teil echt meiner Schwester geschickt hast, bist du tot!"

Keine Ahnung, wer das Paparazzi-Opfer ist,
die Stimme sagt mir nichts.
„Hier, guck doch selbst: Eine gesendete
Bildnachricht an Sandra Baumann."
Das Display wandert ein Stück nach links
und das Licht fällt auf ein wütendes Gesicht.
„Du verdammtes Arschloch! Du verfluchter,
blöder ..."
„Noch ein Pieps und ich komme rein!",
unterbricht ihn Wismuths Stimme von draußen.
„Das Einzige, was ich von euch noch hören will,
ist das Geräusch tiefen Schlafes. Ihr wisst doch
wohl alle, wie sich Schlaf anhört, nicht wahr?
Also, Ruhe jetzt da drinnen!"
Seine Schritte entfernen sich langsam
von der Tür.
Das Handydisplay verlischt und von gegenüber
ertönt das leise Geraschel von Bettdecken.
„Ich bin noch nicht fertig mit dir,
du blöder Wichser!", zischt das Paparazzi-Opfer.
„Wer hier der Wichser ist,
kann jetzt deine Schwester beurteilen",
kichert sein Peiniger zurück.

„Man wird sich ja wohl noch einen runterholen
dürfen, ohne damit gleich im Familienalbum
zu landen, verfluchter Mist noch mal!"
Ja, das hatte ich eigentlich auch gehofft.
Zwei Wochen ohne? Das überleb ich nicht.
Na ja, erst mal gucken, wie lange ich es aushalte.
Und das setzt voraus, dass ich jetzt ganz,
ganz schnell einschlafe und dabei
an die Weltmeisterschaften der
Gewichtheberinnen denke.

4

Wo bin ich denn hier gelandet? Das sieht aus wie die Küche, nur viel größer. Und warum steht da links an der Wand ein Fußballtor?

„Die beste Position beim Onanieren ist flach auf dem Rücken, sagt mein Therapeut."

Wer war das? Woher kam diese Stimme?

Es ist niemand zu sehen. Ah, doch, da vorne ist Agnes. Vielleicht kann sie mir erklären, was hier los ist.

„Hallo, Agnes."

„Hello, Tobias, Darling."

Moment mal, das ist ja gar nicht Agnes. Das ist Beyoncé Knowles. Und sie sieht genauso scharf aus, wie in diesem Video.

Ich werd verrückt. Was macht die denn hier? Ob sie wohl im Mädchenhaus wohnt?

Das wäre ja ein Ding. Was macht sie denn jetzt? Sie zieht etwas aus dem Spülbecken,

eine Gewichtheberstange mit Wismuths Kopf
an beiden Enden. Das wird ja immer seltsamer.
Sie wirbelt die Stange kreisend über dem Kopf
und tanzt dabei. Sie wirft die Stange weg
und wir stehen plötzlich im Freien.
Jetzt wälzt sie sich auf dem Boden,
genau wie im Video. Sie gibt mir
mit dem Zeigefinger das Zeichen ihr zu folgen.
Aber gerne doch, Beyoncé.
Ich gehe einen Schritt nach vorne.
Mist, was ist das denn jetzt?
Ich bin in ein Loch getreten
und irgendetwas hat dabei geklackt.
Ich ziehe meinen Fuß heraus, um nachzusehen,
worauf ich getreten bin, aber da ist nichts.
Warte auf mich Beyoncé! Bin sofort bei dir!
Verdammt, schon wieder so ein blödes Loch!
Und wieder dieses Klackgeräusch. Egal,
muss weiter. Oh, Mann, jetzt reicht's aber!
Wie viele Löcher liegen denn hier noch rum?
Nicht so schnell, Beyoncé! Ich hab hier
gerade ein paar Schwierigkei… Aaaaaah!
Das ist aber ein verdammt tiefes Loch.

Ich falle. Und falle. Und falle.
Das war's dann wohl. Na ja, wenigstens habe ich kurz vor meinem Tod noch Beyoncé Knowles persönlich getroffen, wer kann das schon von sich behaupten? Mein Gott, wie tief ist denn dieses Scheißloch?
Jetzt müsste doch bald der Aufprall kommen.
Achtung, gleich ist es sow...
Hey, wo bin ich denn jetzt schon wieder gelandet? Was ist das? Hier war ich noch nie, oder? Ich hebe meinen Kopf und unter mir ertönt ein Quietschen. Ach so, klar.
Jetzt weiß ich, wo ich bin.
Ich bin in diesem blöden Lager
und liege in meinem Bett.
Das war also alles nur ein Traum?
Aber es wirkte so echt.
Ich könnte schwören, dass ich noch
vor einer Minute Beyoncé hätte anfassen können.
Na ja, wenigstens bin ich nicht tot.
Im Gegenteil, da ist ein Körperteil,
das sich gerade äußerst lebendig
gegen meine Bettdecke drückt.

So viel zu meinem tollen Plan
mit den Gewichtheberinnen.
Ob ich es wagen soll?
Wie spät es wohl sein mag?
Bestimmt schlafen längst alle.
Ja, ich denke, das könnte klappen.
Okay, los geht's. Hallo, Beyoncé.
Da bin ich wieder. Tanzt du bitte
ein bisschen für mich?
So wie eben, so wie in meinem …
Scheiße, was war das?
Das war doch wieder dieses klackende Geräusch!
Aber das kann nicht sein. Oder träume ich
vielleicht immer noch? Nein, ausgeschlossen,
dazu bin ich zu … Da, schon wieder!
Wo kommt das her? Es ist ganz in meiner Nähe,
höchstens zwei Betten entfernt.
Und ich kenne dieses Geräusch irgendwoher.
Aber es passt absolut nicht in diese Umgebung.
Dieses Klacken hört man
 normalerweise woanders.
Wo habe ich das schon gehört, verdammt?
Ich hab's! Im Büro meines Vaters,

daher kenne ich es. Ein Tacker. Ja, genau,
das ist es, ein Tacker. Ein Tacker?
Im Schlafsaal eines Ferienlagers
mitten in der Nacht?
Vielleicht träume ich ja doch noch.
Oh, sind das Schritte?
Tatsache, da schleicht sich jemand heran,
ich kann zwei Umrisse erkennen.
Scheiße, sie kommen direkt hierher,
das kann nichts Gutes bedeuten.
Am besten ich stelle mich erst mal schlafend
und warte ab, was die im Schilde führen.
Sie stehen jetzt genau zwischen meinem
und dem Bett des Psychos.
Und erneut erklingt das Geräusch eines Tackers.
„Den Ärmel an die Hose!",
zischt eine kichernde Stimme.
„Ja, genau so!"
„Hi, hi, das wird ein Fest morgen Früh."
Oh, Mann, schlafen diese beiden Idioten
denn nie? Das sind wieder genau
die zwei von vorhin.
„Jetzt noch das Bein ans Laken!"

Klack.
„Und das andere Bein auch!“
Klack.
Ich weiß, das ist fies, aber ich kann mir
gerade noch so selbst ein Kichern verkneifen.
Die Vorstellung, wie der Psycho morgen Früh
mit der Feststellung aufwacht, über Nacht
an sein Bett gewachsen zu sein,
ist einfach unwiderstehlich köstlich.
Was sein Therapeut wohl dazu sagen wird?
„So, jetzt noch eine kleine Überraschung
für Kamerad Frohwein hier, dann ist Schluss“,
höre ich den, der vorhin das Foto gemacht hat,
sagen. Das finde ich jetzt allerdings
kein bisschen amüsant.
Was hat dieser Kerl nur immer mit mir?
Ich habe ihm doch gar nichts getan.
„Auch den Arm ans Bein?“,
fragt sein Handlanger
und ich spüre ihn ganz dicht
an mein Bett herantreten.
„Nein, viel besser“, kichert der andere.
„Leg ihm das Ding einfach unters Kopfkissen.“

„Hä? Was soll das denn bringen?“
„Mann, du schnallst aber auch gar nichts!
Was glaubst du denn, was der Alte als Erstes
macht, wenn er morgen früh mitkriegt,
dass die Hälfte der Knirpse festgetackert ist?
Er wird natürlich alles hier umkrempeln,
bis er das Teil gefunden hat. Und wo soll
er es lieber finden? Bei dir oder bei dem da?
Los, schieb’s ihm einfach unters Kissen.
Oder, nein, besser noch: Unter die Matratze,
sonst findet er es vielleicht selbst!“
„Aber das ist mein Tacker, den brauch ich
doch noch!“
„Jetzt scheiß dich nicht so an,
ich kauf dir ’n neuen! Los, mach schon!“
„Echt? Versprochen? Du kaufst mir
einen neuen Tacker?“
„Das wird nicht nötig sein“, sage ich
und öffne die Augen. „Behalt du mal den da,
das ist schon okay so.“
„Scheiße, der Knirps ist ja wach!“,
zuckt der mit dem Tacker zurück.
„Mann, musst du einen so erschrecken?“

„Oh, bitte vielmals um Entschuldigung,
aber ich konnte ja nicht wissen, dass jemand,
der nachts mit einem Tacker bewaffnet
herumschleicht, so schreckhaft …“
Weiter komme ich nicht, denn der andere
ist plötzlich auf mich zu gesprungen
und drückt mir seine Hand auf den Mund.
„Jetzt hör mir mal gut zu, Frohwein!“,
zischt er mir ins Ohr. „Wenn wir dir
nicht gleich die Vorhaut an den Bauchnabel
tackern sollen, dann hältst du gefälligst jetzt
und vor allem morgen Früh die Klappe
ganz fest geschlossen! Ist das klar?“
Aua.
Allein die Vorstellung seiner Androhung
tut schon verdammt weh.
„Ob das klar ist, will ich wissen?“,
zischt er und drückt mir dabei
seinen Ellenbogen hart in die Brust.
„Nick einfach, wenn du's kapiert … hrmpf.“

Irgendetwas hat ihm ganz plötzlich
den Atem genommen.
Er lässt mich los und sackt langsam

am Bettpfosten herunterrutschend wimmernd
auf dem Boden zusammen.
„Und jetzt verpisst euch endlich,
ihr Arschlöcher!“, höre ich eine Stimme
aus dem Bett unter mir.
„Was … Was ist … Was geht denn hier
auf einmal ab?“, stammelt der Handlanger
und beugt sich über seinen immer noch
jammernden Kumpanen. „Kevin, was ist denn …
Was hat dieser Knirps mit dir gemacht?“
Aha, jetzt hat dieser Unsympath endlich
mal einen Namen. Kevin, wie einfallsreich.
Allein in meiner Klasse gibt's drei davon.
„Meine Eier!“, bekommt der andere qualvoll
durch zwei Lippen gepresst als Antwort.
„War 'n Volltreffer. Dieser verfluchte, kleine …“
„Wo das herkam ist noch mehr,
wenn ihr nicht gleich 'n Abflug macht!“,
unterbricht ihn die Stimme aus dem unteren Bett.
Dieser Kevin versucht aufzustehen,
schafft es aber nur in eine gebückte Haltung.
„Okay, Kleiner“, zischt er unter Schmerzen.
„Aber an eins solltest du denken:

Morgen ist es nicht mehr dunkel.
Und wenn ich dich sehen kann,
landest du keinen einzigen Treffer,
dann fängst du nur welche,
und zwar nicht zu knapp.“
„Ja, ja, was auch immer“,
antwortet die Stimme gähnend. „Bis morgen,
meinetwegen. Sonst noch was, oder seid
ihr zwei Warmduscher dann jetzt endlich weg?“
Ich höre diesen Kevin noch ganz leise
irgendwas brummeln und sehe zwei Umrisse
zu ihren Betten gegenüber schlurfen.
„Danke, Mann“, sage ich und beuge mich
über den Bettrand nach unten.
„Ich schulde dir was.“
„Nicht der Rede wert. Es ist jedes Jahr
dasselbe mit diesen Arschlöchern.“
„Du hattest schon öfter Trouble mit denen?“
„Nicht nur ich. Aber dieses Jahr
haben sie sich geschnitten.

Ich mache seit Januar Kickboxen.
Aber behalte das für dich, okay?“
„Geht klar. Ich heiße übrigens Tobias.“

„Christian. Du bist doch der, der sich
den Küchendienst eingefangen hat, oder?"
„Genau."
„Coole Aktion. Aber lass uns morgen
weiterreden. Ich will die Show nicht verpassen.
Das mit dem Tacker ist ausnahmsweise
mal was Neues."
„Ja, stelle ich mir auch sehr geil vor.
Also, bis morgen dann."
Ich lege mich wieder flach hin
und schließe die Augen.
Oh, Mann, hoffentlich geht das hier nicht
jede Nacht so ab. Aber gut zu wissen,
dass ich nicht allein gegen diese Typen stehe.
Und dieser Christian scheint mir echt
in Ordnung zu sein, sonst hätte er sich
wohl kaum eingemischt.
Irgendwie ein gutes Gefühl
den ersten Verbündeten gefunden zu haben.
Jemanden, mit dem ich morgen schon mal
was zu reden habe und der nicht ständig
„*mein Therapeut*" sagt.
Apropos: Was ist eigentlich mit dem Psycho?

Ich denke, er schläft so schlecht?
Ich gucke kurz zu ihm hinüber,
aber da regt sich nichts.
Perfekt. Das wird ein Bild für die Götter!
Hoffentlich wache ich vor ihm auf.
Und hoffentlich sind dann noch
alle meine Körperteile ungetackert.
Diesen Jungs traue ich alles zu.

5

„Gutes Training, Jungs! Und jetzt
ab unter die Dusche!
Die Mannschaftsaufstellung für morgen
gebe ich nach dem Abendessen bekannt."
Und wenn ich da nicht dabei bin,
lasse ich mir freiwillig einen Ball
an die Stirn tackern.
Wir haben eben 5:1 gewonnen,
und ich habe drei Tore geschossen.
Und als kleines Sahnehäubchen konnte ich
diesen Kevin dreimal tunneln. Mann,
hat der geflucht. Mehr hat er aber
auch nicht gemacht heute.
Nichts von wegen Rache an Christian oder so.
Vielleicht weil wir ihn heute morgen nicht
bei Wismuth verpfiffen haben.
„Glaubst du, ich bin drin, Tobias?",
fragt mich Matthias, äh, der Psycho.

„Ich meine, ich habe doch ganz gut gehalten,
oder?“
„Sensationell!“, sagt Christian und
klopft ihm auf die Schulter.
„Mensch, du hast zwei Elfmeter
und drei glasklare Chancen gehalten!“,
füge ich hinzu. „Der einzige Grund dich
nicht aufzustellen wäre, wenn Olli Kahn
ab morgen hier Urlaub macht.“

„Glaubt ihr echt? So gut war ich?“
„Du warst der Beste, absolut!“,
nicke ich bestätigend.
Wer hätte gestern noch gedacht,
dass ich so was mal zu ihm sage?
Aber der Psycho, äh, Matthias hat mich
heute echt beeindruckt und
positiv überrascht, nicht nur im Tor.
„Oh, Mann, der Beste!
So hat mich noch nie jemand genannt.
Bin gespannt, was mein Therapeut dazu sagt.“

Okay, diesen Therapeuten-Mist
müssen wir ihm noch abgewöhnen,
aber das kriegen wir schon hin.
Am meisten beeindruckt hat er mich
gleich heute Morgen. Aufgewacht bin ich
vom lauten Fluchen eines der Tacker-Opfer,
dicht gefolgt von Kevins und Stephans
(so heißt der Handlanger, wie ich
herausgefunden habe) hämischem Gelächter.
Ich richtete mich im Bett auf
und sah mir den Fluchenden an,
als Christian neben mir auftauchte.
Ein kurzer Blick und wir mussten beide
auch laut loslachen.
Ein Opfer nach dem anderen wachte auf
und fand sich an den verschiedensten Stellen
mit der Matratze oder dem Bettzeug verbunden.
Dem einen hatten sie das Kissen
an den Schlafanzugkragen getackert, und er
zappelte wie ein Hühnchen auf der Flucht,
um es loszuwerden. Es war wirklich zu köstlich,
mein Bauch tut mir jetzt noch weh vor Lachen,
wenn ich daran denke.

Tja, und dann wachte Matthias auf.
Er blinzelte verschlafen nach links
und nach rechts, hob seinen Kopf,
sah an sich hinunter, versuchte vergeblich
seine an die Matratze getackerten Beine
zu heben und sagte: „Da hätte ich auch selbst
draufkommen können. So wacht man
auf jeden Fall immer auf dem Rücken auf."
Und dann sah er uns an und lachte.
Wir wären fast gestorben vor Lachen.
Ich hätte nie erwartet,
dass gerade er so was mit Humor nimmt,
aber er war der Einzige unter den Opfern,
der über sich selbst lachen konnte,
und das fand ich verdammt cool.
„Scheiße, ich glaube,
die hecken schon wieder was aus",
sagt Christian, als wir im Schlafsaal ankommen,
um unser Duschzeug zu holen.
„Guck mal, die tuscheln so komisch
 und schauen dabei zu uns rüber."
Stimmt, er hat Recht, die beiden führen
ganz offensichtlich was im Schilde.

„Ach, mit denen werden wir schon fertig“, winke ich ab. „Lasst uns duschen gehen.“
„Genau“, stimmt Matthias zu. „Mit denen werdet ihr schon fertig. Ich bin dann hier, wenn ihr mich braucht.“
„Wie jetzt?“, fragt Christian.
„Du gehst nicht mit duschen?“
„Och, nö“, antwortet Matthias
und starrt dabei auf den Boden.
„Ich war ja nur im Tor,
bin überhaupt nicht verschwitzt.
Ich dusche später.“
„Hast du etwa Schiss vor den beiden Idioten?
Musst du nicht. Die stecken wir echt locker
in die Tasche, egal, was sie vorhaben.“
Nein, ich glaube, das ist es nicht.
Matthias hat keine Angst vor Kevin und
Stephan. Er hat Angst vorm Duschen.
Jede Wette, er hat noch nie
mit mehreren Jungs geduscht,
und es ist ihm unangenehm,
wenn so viele andere ihn nackt sehen.
Ich kenne das genau, weil es mir

bis vor kurzem auch so ging. Als ich bei uns in den Fußballverein eingetreten bin, wollte ich auch nie nach dem Training mitduschen und bin immer sofort nach Hause gefahren. Aber dann, nach unserem Sieg gegen den Tabellenführer, war die Stimmung so ausgelassen, dass ich mich plötzlich ganz von allein mit den anderen im Duschraum wiederfand und gemerkt habe, dass das bei weitem nicht so unangenehm und beklemmend ist, wie ich immer dachte.

„Nein, ich habe keinen Schiss“, druckst Matthias rum.
„Es ist nur echt nicht nötig, dass ich jetzt dusche. Das wäre reine Wasserverschwen…“
„Ach, papperlapapp! Wasser gibt’s genug!“, sage ich und schnappe mir den Kulturbeutel aus seiner Tasche und ihn am Arm.
„Du glaubst ja wohl nicht, dass wir

die nächsten zwei Wochen neben einem Stinker
verbringen wollen. Du kommst jetzt mit, basta!"
„Aber, ich ..."
„Keine Widerrede! Jetzt wird geduscht!"
Ich weiß ja nicht, was sein Therapeut
zu meiner Methode sagen würde, aber ich wette,
dass er ab morgen freiwillig mitgeht.
Im Duschraum sind alle Plätze besetzt
und wir müssen warten.
„Hey, schaut mal!", ruft dieser Kevin laut,
als er uns entdeckt. „Die drei Schwengel
für Charlie sind auch da!"
Natürlich Gelächter unter allen Brausen.
Matthias dreht sich um in Richtung Ausgang,
aber ich halte ihn fest.
„Sag mal, Kevin", frage ich mit breitem Grinsen,
„weißt du eigentlich, was deine Ohren und
deine Beine gemeinsam haben?"
„Oh, Achtung, Leute!"
Er dreht seine Dusche ab.
„Alle anschnallen, Frohwein macht einen Witz!
Na los, raus damit!
Hier lachen alle gerne über dich!"

„Zwischen beiden ist immer so viel Luft,
dass ein Ball durchpasst."
Wieder ertönt Gelächter,
allerdings etwas verhaltener.
Wahrscheinlich haben die meisten zu viel Angst
am nächsten Morgen getackert aufzuwachen.
Kevins Augenbrauen ziehen sich finster
zusammen und er kommt langsam auf mich zu.
„Dass du mich getunnelt hast, war reines Glück,
Frohwein!"
Ich wusste, dass ihn das immer noch wurmt.
„Gleich dreimal?", sage ich. „Wenn das
Glück war, musst du eine Fee sein.
Aber jetzt, wo du's sagst, stimmt.
Ein bisschen was Weibliches hast du schon."
„Und du hast ein ganz schön großes Maul
für dein Alter, Frohwein", knurrt er.
Normalerweise würde ich jetzt Schiss bekommen,
aber er ist ja immer noch splitternackt,
und ein nackter Mann ist irgendwie wenig
Angst einflößend, finde ich.
„Und du ein ganz schön kleines Ding",
kann ich mir einfach nicht verkneifen.

„Oder ist das bei Feen allgemein so?"
„Jetzt reicht's, Frohwein!", faucht er mich an
und stürmt mir mit geballten Fäusten entgegen.
Ja, das dachte ich mir schon, dass das reicht.
Er hat Recht, ich habe leider wirklich
manchmal ein ganz schön großes Maul,
das zu allem Überfluss in keinem Verhältnis
zu meinen nicht vorhandenen Kämpfer-
qualitäten steht.
Aber bevor ich mich noch richtig
mit einer verbeulten Fresse abfinden kann,
hüpft Kevin bereits wie am Spieß schreiend
auf beiden Beinen mit den Händen am Hintern
von mir weg und kreuz und quer
durch die Duschen.
Moment mal, das ging mir jetzt aber
ein bisschen zu schnell. Könnte ich das Ganze
bitte noch mal in Zeitlupe sehen?
Also, wie war das? Kevin stürmt auf mich zu.
Christian reißt mit einem Schritt
einem anderem Kerl das nasse Handtuch
von der Hüfte. Noch zwei Schritte,
während der er das Handtuch zusammenrollt.

Er steht jetzt hinter Kevin, dessen Faust
bereits Anlauf nimmt.
Christian holt elegant aus.
Ein scharfes Schnalzen ertönt.
Danach ein Aufschrei, der bis jetzt nur
zum Luftholen unterbrochen wurde.
Wer schon mal einen Volltreffer
mit einer Handtuch-Peitsche abbekommen hat,
weiß, was das für Schmerzen sind.
Selbst die Ängstlichsten können ihr Lachen
jetzt nicht mehr zurückhalten.
Der ganze Raum hallt vor Gelächter,
und immer mehr Jungs stürmen herein,
um sich den Grund dafür anzusehen.
„Sehr feenhaft sieht das jetzt aber
nicht mehr aus“, lacht Matthias.
„Eher Marke Froschkönig“, sagt Christian
und hält mir Fünf hin.
„Genau!“, kichere ich und schlage ein.
„Froschkönig mit Pavianarsch! Danke, Mann!
Das war Rettung in letzter Sekunde.“
„Keine Ursache, jederzeit gerne. Hi, hi,
guck mal, was er jetzt macht!“

Kevin ist unter eine der Duschen gehüpft,
hat das Wasser voll auf kalt gedreht
und lässt es sich nach vorne gebückt
auf den Hintern prasseln.
„Ja, so ist's richtig, Kevin!",
rufe ich ihm zu. „Die Beine fest zusammen,
dann geht auch kein Ball mehr durch!"
„Ich krieg dich noch, Frohwein!", zischt er
mit rotem Kopf und dreht die Dusche wieder ab.
„Irgendwann erwische ich dich allein,
und dann bist du fällig."
„Von mir aus." Ich zucke gleichgültig
mit den Schultern. „Aber tue mir bitte
einen Gefallen und zieh dir dann was an, ja?
Wer dich zweimal nackt sieht,
wird mit Sicherheit blind."
Sein Körper spannt sich ruckartig an,
so als ob er jeden Augenblick wieder
auf mich losgehen will.
Aber Christian lässt einmal kurz
sein Handtuch in die Luft schnalzen
und Kevin zuckt zurück.
„Los, Abflug!", sagt er zu Stephan

und schiebt ihn vor sich her an uns vorbei
und aus dem Duschraum.
„Der hat erst mal genug“,
grinst Christian zufrieden.
„Das denke ich allerdings auch“,
nicke ich zustimmend.
„So, können wir dann endlich duschen?“,
fragt Matthias und schlüpft unter dem Handtuch
aus seiner Snoopy-Boxershorts. „Ich nehme
die mittlere, wenn ihr nichts dagegen habt.
Mein Therapeut sagt, ich soll mich nie
in Ecken verkriechen.“
Ich wusste es. Wenn er erst mal hier drin ist,
vergisst er ganz schnell, wie unangenehm
er es sich immer vorgestellt hatte.
„Sagt dir dein komischer Therapeut
eigentlich auch, wann du pinkeln sollst?“,
fragt Christian und zwinkert mir dabei zu.
„Nicht wann, nur wie“, antwortet Matthias,
während er versucht, die richtige Wasser-
 temperatur einzustellen.
„Wie, wie?“, will ich wissen.
„Mein Therapeut sagt, ich soll im Sitzen

pinkeln, weil das erwiesenermaßen
hygienischer und somit vernünftiger wäre
und deswegen, im Gegensatz zur allgemein
männlichen Ansichtsweise,
als wahres Zeichen echter und starker
Männlichkeit angesehen werden kann."
„Du pinkelst also echt im Sitzen,
weil dein Therapeut es dir sagt?",
wundert sich Christian.
„Nur, wenn er dabei ist", zwinkert Matthias.
„Das ist die richtige Einstellung!",
lache ich. „Lass dir bloß nicht zu viel
von diesem Kerl einreden.
Du bist schon in Ordnung, so wie du bist.
Oder, Christian?"
„Absolut! Im Sitzen pinkeln!
Der hat sie doch selbst nicht mehr alle!"
Matthias stellt sich mit dem Gesicht zur Wand
unter die Dusche. Ich glaube, er ist gerade
tierisch rot geworden.
Ich wechsle besser mal das Thema,
scheint ihm irgendwie peinlich zu sein.
„Was steht eigentlich heute noch an?",

erhebe ich meine Stimme gegen
das laufende Wasser.
„Doch wohl hoffentlich nicht noch ’ne
blöde Wanderung?“
„Nein, die Nachtwanderung ist erst
nächste Woche“, ruft Christian
durch den Duschstrahl hindurch.
„Nachtwanderung?
Was denn für eine Nachtwanderung?
Hab ich ja noch gar nichts von gehört.“
„Wird auch nie vorher angekündigt.
Ist so ’ne Art Mutprobe,
wo jeder einen Kilometer
durch den stockfinsteren Wald latschen muss.
Und ab und zu erschreckt dich mal jemand
auf dem Weg.“
„Wie, ganz allein nachts durch den Wald?“,
fragt Matthias mit beunruhigter Stimme.
„Ach, das ist alles halb so wild“,
winkt Christian ab. „Quasi Kindergeburtstag,

packst du locker, keine Sorge.“
Klar, packt er das. Wobei ich zugeben muss,
dass mir bei der Vorstellung schon auch

ein kleines bisschen mulmig wird.
Ich bin nicht gerade ein großer Fan
von Dunkelheit, erst recht nicht,
wenn sie im Wald auftritt.
Aber egal, das ist ja noch ein paar Tage hin.
„Und heute?“, hake ich nach. „Was ist
denn nun mit heute?“
„War heute nicht Lagerfeuer?“,
wirft Matthias ein.
„Genau“, bestätigt Christian. „Heute gibt’s
Würstchen und fröhliche Lieder am Lagerfeuer.“
„Klingt eigentlich ganz cool“, sage ich
und drehe die Dusche ab.
„Du hast noch nicht gehört, wie Wismuth
Gitarre spielt“, grinst Christian. „Ganz
zu schweigen von seinen Gesangskünsten.
Aber wenn wir viel Glück haben,
dürfen die Mädels auch kommen.“
„Echt? Die Mädels? Hier drüben bei uns?“,
trocknet sich Matthias aufgeregt ab.
„Wann geht das denn los? Bleiben die
den ganzen Abend? Das wäre ja geil!“
Nur wenn Beyoncé dabei ist. Das wäre

allerdings sehr geil. Ansonsten kann ich gerne
auf einen Haufen gickelnder Hühner verzichten.
„Die letzten Jahre ging's immer
bis nach zwölf", sagt Christian.
„Und ein paar haben sogar rumgeknutscht
und so."
„Echt?" Matthias wird immer aufgeregter.
„Oh, Mann! Ich glaub, dann dusch ich
besser gleich noch mal!
Frauen stehen auf gepflegte Männer,
sagt mein Therapeut."
„Vergiss es!", winkt Christian ab.
„Die Mädels schnappen sich sowieso
immer nur die älteren Jungs.
Unter fünfzehn läuft da gar nichts."
„Na und? Ich bin fast fünfzehn!
Die drei Monate können's ja wohl nicht sein.
Ich dusche jetzt jedenfalls noch mal,
sicher ist sicher. Wartet ihr dann bitte
im Schlafsaal auf mich?"

„Geht klar, Casanova", grinse ich
und wir verlassen die Duschen.
„Na, da bin ich ja mal gespannt",

sagt Christian, als wir durch den Gang
zum Schlafsaal laufen.
„Worauf?"
„Na, ob er tatsächlich eine abkriegt.
Ich hab's letztes Jahr bei einer süßen
Blonden versucht. Hat mich aber eiskalt
abblitzen lassen. Was ist mit dir?"
„Was meinst du?"
„Na, wirst du auch einen Versuch starten,
falls die Mädels heute Abend kommen?"
Nein, danke, kein Interesse, absolut nicht.
„Klar, vielleicht. Erst mal gucken,
ob was Gescheites dabei ist."
Was soll ich denn bitte schön
mit einem Mädchen anfangen?
Und gerade jetzt, wo mir das hier
sogar tatsächlich anfängt, ein bisschen
Spaß zu machen.
Ich habe einen Freund gefunden,
zwei Freunde sogar.
Diese Idioten Kevin und Stephan haben
dank Christian zum zweiten Mal
gegen uns den Kürzeren gezogen.

Und hier wird Fußball gespielt.
Diese Ferien scheinen entgegen
all meinen schlimmsten Erwartungen
perfekt zu werden. Wozu um alles in der Welt
sollte ich da noch ein Mädchen brauchen?

6

„Der Fallrückzieher war sensationell!“,
sagt Matthias, während er in sein Bett klettert.
„Ja, war ganz okay“, untertreibe ich bescheiden.
„Ganz okay? Du hast uns damit ins Endspiel
geschossen! Von wegen ganz okay,
das war der absolute Hammer! Oder, Christian?“
„Tor des Jahres, eindeutig“,
gähnt Christian unter mir.
Genau das wollte ich doch hören. Mann,
das war aber auch geil. Und die von Haus 2
waren wirklich saustark,
die haben letztes Jahr gewonnen.
„Glaubst du, wir haben eine Chance im Finale?“,
fragt Matthias.
„Klar, die machen wir locker platt“,
antworte ich.
„Das wird mindestens ein …“
„Licht aus!“, bellt Wismuth mir dazwischen.

„Und denkt dran: Morgen ist Nachtwanderung.
Ihr werdet den Schlaf brauchen,
also keine Mätzchen heute Nacht!“
Was denn für Mätzchen?
Ein leeres Aquarium ist ein Thriller gegen das,
was hier die letzten Nächte los war.
Keine Streiche, kein Tacker, gar nichts.
Mädchen sind doch zu etwas gut,
habe ich festgestellt.
Und damit meine ich jetzt nicht das,
was die Matratzen zum Quietschen bringt.
Seit dem Lagerfeuer-Abend letzte Woche
halten sie uns Kevin & Co vom Hals.
Diese Idioten sind nur noch damit beschäftigt,
heimlich hinter irgendwelchen Büschen
mit den Mädels rumzuknutschen
und damit anzugeben.
Als ob mir das irgendwas ausmachen würde.
Ich bin doch nicht zum Knutschen hier.
„Klasse Spiel, übrigens“,

sagt Wismuth noch,
als er schon fast draußen ist.
„Eine Spitzen-Mannschaftsleistung.

Ihr habt alle hervorragend gekämpft.
Gute Nacht."
Ja, ja, die Mannschaft. Bloß niemanden hervorheben. Schon gar nicht den Frohwein. Es ist wirklich zu köstlich, wie es ihn wurmt, dass ich so gut spiele. Er kann mich natürlich immer noch nicht leiden und würde mir am liebsten von morgens bis abends Küchendienst und Schlimmeres aufbrummen, aber das bringt er nicht, weil er mich als Spieler unbedingt braucht. Ich glaube, er würde lieber ersticken als mich einmal vor versammelter Truppe zu loben. Hoffentlich schieße ich im Finale mindestens drei Tore, dann implodiert er wahrscheinlich vor unterdrücktem Hass.

„Mist!", flüstert Matthias und hustet zweimal. „Ich glaube, ich habe mir eine Erkältung eingefangen."
Unser Matthias. Ich wusste, so was

würde kommen. Natürlich hat er sich
keine Erkältung eingefangen.
Er hat nur Schiss vor der Nachtwanderung
und will sich drücken. Ich kann mir ja auch
Schöneres vorstellen als allein durch einen
stockdunklen Wald zu stapfen, aber, hey,
was soll denn da schon großartig passieren?
Man erschrickt ein paarmal und das war's.
Das werden wir wohl noch überleben.
„Eine Erkältung?“, frage ich mit gespielt
besorgter Stimme. „Zwei Tage vor dem
Endspiel? Oh, Mann, das ist wirklich zu blöd.“
„Oh, stimmt ja, das Endspiel“, sagt er ärgerlich.
„Daran habe ich ja eben gar nicht gedacht.
Ach, weißt du, vielleicht ist es ja gar nichts.
Ich bilde mir so was manchmal nur ein.
Ich habe einen latenten Hang zum
Hypochonder, sagt mein Therapeut immer.
Nein, keine Angst, ich glaube,
das ist gar keine Erkältung.
Ich werde natürlich spielen, ist doch klar.“
„Na, da bin ich aber beruhigt. Ohne dich im Tor
wären wir nämlich ganz schön aufgeschmissen.“

Ich kann förmlich hören, wie Matthias
vor Stolz rot anläuft.
Aber ich habe das nicht nur gesagt,
um ihn aufzubauen, er ist wirklich
ein verdammt guter Torwart.
Er räuspert sich leise.
„Nein, das ist echt keine Erkältung,
eindeutig nicht. Ich spiele auf jeden Fall."
„Na, also, Herr Kahn. Das ist
die richtige Einstellung. Aber jetzt
lass uns lieber schlafen, Kräfte sammeln."
„Ja, hast Recht. Wird hart morgen."
„Übermorgen."
„Ja, das auch. Nacht, Tobias."
„Nacht."
Ich schiebe das Kissen unter meinem Kopf
zurecht und schließe die Augen. Verdammt,
ich bin noch gar nicht richtig müde.
Das Spiel heute war zwar anstrengend,
aber im Endeffekt viel zu aufregend,
um schon schlafen zu können.
Die Tage hier sind zu kurz, definitiv.
Von mir aus könnte jetzt jeder Tag

fünfzig Stunden haben. Schon komisch,
das hätte ich mir vor zehn Tagen
mit Sicherheit nicht gewünscht.
Aber da konnte ich ja noch nicht ahnen,
dass das hier die geilsten Ferien
meines Lebens werden würden.
Das werde ich Papa selbstverständlich so
nicht sagen, denn dann hätte er ja Recht
gehabt, und das hat er schließlich oft genug.
Ich werde sagen, dass es ganz okay war,
mehr nicht. Oder, besser noch,
ich werde sagen, es war erträglich. Nein,
zu stark untertreiben darf ich auch nicht,
sonst fragt er mich nicht,
ob ich nächstes Jahr …
Hey, was war das denn?
Es klang so,
als würde Holz gegen Metall klopfen.
„Au! Verfluchter Mist! Mein Kopf!
Scheiß-Bett!“

Stephan, eindeutig.
„Pscht! Du weckst noch alles auf hier,
du Idiot!“

Und das ist Kevins reizendes Organ.
„Was ist? Gehen wir jetzt, oder nicht?"
Aha, Baumann ist also auch mit von der Partie.
„Ja, klar gehen wir. Was denn sonst? Los!",
zischt Kevin.
Was haben die vor?
Ich hebe vorsichtig meinen Kopf
und sehe, wie sich drei Silhouetten gebückt
und auf Zehenspitzen in Richtung Tür bewegen.
Nach einem Streich sieht das jedenfalls
nicht aus. Die Tür öffnet sich
und die drei verschwinden draußen im Flur.
Verdammt, was haben die nur vor? Ich weiß,
ich sollte mich da raushalten.
Geht mich ja auch gar nichts an.
Aber ich bin so verflucht neugierig,
war ich schon immer.
Und außerdem bin ich jetzt noch wacher,
als ich es eben schon war.
Nein, lass es Tobias. Das gibt doch nur Ärger.
Nicht, wenn ich ganz vorsichtig bin.
Wenn sie mich nicht bemerken,
kann auch nichts passieren.

Aber was, wenn sie dich erwischen?
Ach, werden sie schon nicht.
Und wenn doch?
Nein, ich passe schon auf, keine Sorge.
Na gut, dann tu, was du nicht lassen kannst.
Genau, das mache ich auch.
Dann aber fix, sonst sind sie weg.
Ja, ja, ich mach ja schon. Nur keine Hetze.
Ich klettere aus dem Bett und schlüpfe
in meine Jeans.
„Christian?“, flüstere ich.
Mit ihm an meiner Seite wäre mir wohler.
„Christian? Bist du wach?“
Ich rüttle ihn ganz leicht an der Schulter,
keinerlei Reaktion. Mist. Wie kann jemand
nur so fest schlafen? Okay, dann eben
ohne ihn. Die Schuhe noch und los geht’s.
Ich spähe vorsichtig auf den Flur,
aber da sind sie nicht mehr.
Vorbei an Wismuths Zimmer und nach draußen.

Ha, dachte ich’s mir doch! Da hinten sind sie
und steuern geradewegs aufs Mädchenhaus zu.
Ich folge ihnen in einigem Abstand,

wobei ich sicherheitshalber hinter jedem Baum
kurz anhalte und mich verstecke.
Über den Hügel noch, dann sind sie da.
Mist, da oben gibt's keine Deckung mehr.
Ich robbe mich langsam durch das hohe Gras
zur Spitze des Hügels vor. Da unten liegt
das Mädchenhaus. Es ist komplett dunkel.
Verflucht, wo sind die denn jetzt?
Ich sehe sie nicht mehr.
Ob sie schon drin sind?
Oder dahinter? Kann eigentlich nicht sein,
dazu hatten sie nicht genug Vorsprung.
Aber wo …
„Frohwein, du Ratte!"
Oh, Scheiße.
„Hab ich doch richtig gesehen."
Kevins Fuß steht auf meinem Rücken
und drückt mich fest ins Gras.
„Und er ist ganz allein", lacht Stephan dreckig.
„Na, wo hast du denn dein Hundchen gelassen,
Frohwein?"
„Darauf habe ich die ganze Zeit gewartet,
Frohwein", zischt Kevin. „Jetzt bist du dran."

Er packt mich und zerrt mich vom Boden
auf die Beine.
Das war's dann wohl für mich,
gleich bin ich Matsch.
„Los, mach ihn fertig", brummt Baumann.
„Die Weiber warten schon."
Kevin holt aus und seine Faust rast auf
mein Gesicht zu.
„Warte!", rufe ich und kann seinem Schlag
gerade so ausweichen. „Stopp! Warte mal kurz!
Ich hätte da einen Vorschlag!"
„Ich auch. Und der nächste trifft bestimmt."
Er holt wieder aus.
„Nein, echt, jetzt warte doch mal!",
versuche ich es noch einmal. „Es wäre
nämlich ganz schön dumm von euch,
mich hier fertig zu machen!"
„Hey, jetzt beleidigt uns der Knirps
auch noch!", sagt Stephan. „Los,
mach ihn endlich platt!"

„Ich habe nicht gesagt, dass ihr dumm seid!
Ich habe nur gesagt, ihr wärt es,
wenn ihr mich hier fertig macht. Das war

noch keine Beleidigung. Das wird erst eine,
wenn ihr meinen Vorschlag nicht annehmt."
„Hä?", kratzt sich Baumann am Kopf.
„Kapier ich nicht. Was will der Knirps?"
„Mensch, jetzt überlegt doch mal!",
löse ich mich aus Kevins Griff. „Was ist
euch wichtiger? Mir ein paar zu verpassen
oder mit den Mädels rumzumachen?
Ihr glaubt doch wohl nicht,
dass ich hier brav blutend liegen bleibe,
bis ihr wiederkommt. Ich werde natürlich
sofort zu Wismuth gehen – oder kriechen,
wenn's sein muss. Und dann war's das
für euch mit den Mädels."
Es sei denn, natürlich, sie schlagen mich tot.
Aber davon gehe ich jetzt mal nicht aus.
Das ist ja hier kein *Tatort* oder so.
„Hm, da ist was dran", sagt Kevin
und kratzt sich am Kinn.
„Wir könnten ihn fesseln",
schlägt Stephan vor. „Du machst ihn platt
und dann binden wir ihn da unten
an einen Baum."

„Wer bist du? Batman?“, lacht Baumann.
„Hast Du ein Seil im Gürtel, oder was?“
„War ja nur so ’ne Idee“, schmollt Stephan.
„Wie wäre folgender Vorschlag?“,
melde ich mich wieder zu Wort.
„Wir vergessen das Plattmachen erst mal,
und ich gehe dafür mit zu den Mädels
und passe auf, dass euch niemand
in die Quere kommt.“
„Hm.“ Kevin schaut nachdenklich
von einem zum anderen. „Und wer sagt uns,
dass du nicht einfach abhaust
und trotzdem Wismuth alarmierst,
während wir mit den Weibern beschäftigt sind?“
„Das sagt euch mein Ehrenwort.
Ich bin keine Petze. Jedenfalls nicht,
wenn ihr meinen Vorschlag annehmt.“
„Was meint ihr?“, fragt Kevin
die beiden anderen.
„Okay, von mir aus“, zuckt Stephan

mit den Schultern.
„Ist mir jetzt auch langsam egal“,
sagt Baumann. „Hauptsache, wir gehen jetzt

endlich. Weiber zicken immer so rum,
wenn man sie warten lässt."
„Na gut, Frohwein." Kevin täuscht
einen Schlag an und ich zucke zurück.
„Nur, dass eins klar ist." Seine rechte Faust
bohrt sich hart in meinem Magen.
„Das ist nur ein Aufschub, keine Begnadigung."
Die drei setzen sich in Bewegung,
während ich nach der Luft schnappe,
die dieser Schlag aus meinem Körper
gepumpt hat. Scheiße, darauf war ich
nicht vorbereitet.
„Was ist?", ruft Kevin mir zu. „Mach hin,
Frohwein! Wir haben schließlich nicht
die ganze Nacht Zeit!"
„Ja, ja, ich komm ja schon", stöhne ich
und folge ihnen mit schweren Schritten.
Verflucht, das tat weh. Aber wenn das
alles war, kann ich gut damit leben.
Und dass es nicht mehr wird,
dafür werde ich schon auch noch
irgendwie sorgen.
Diese Jungs sind wirklich zu dämlich.

Gehen tatsächlich auf meinen lächerlichen
Vorschlag ein. Wenn ich nicht dabei wäre,
hätten sie schließlich auch niemanden
gebraucht, der Schmiere steht.
Und wofür das alles?
Nur um ein paar gickelnden Hühnern eventuell
unters T-Shirt grapschen zu können?
Wenn überhaupt. Wahrscheinlich passiert da
außer ein bisschen Knutschen sowieso nichts.
Also, ich an Kevins Stelle hätte mich verprügelt
und auf die Mädels verzichtet.
Das sind doch echt Luschen, alle drei.
„Okay, stopp!“ Kevin hält mich am Arm fest
und die anderen bleiben stehen.
Wir sind jetzt nur noch ungefähr fünfzig Meter
vom Mädchenhaus entfernt.
Es ist immer noch komplett dunkel.
Nein, stimmt nicht, da hinten links
hat eben kurz ein Licht geflackert.
„Wir gehen vorne rein“, erklärt Kevin.

„Die Tür sollte offen sein. Aber vorsichtig,
wir müssen am Zimmer der Alten vorbei.
Dann den zweiten Gang links ganz durch

bis zu den Duschen, da warten die Ischen
auf uns. Hier, eins für jeden."
Er hält drei Kondome wie einen Fächer
zwischen zwei Fingern in die Luft.
Stephan und Baumann nehmen sich jeweils eins.
„Das glaubt ihr doch wohl selbst nicht!",
platzt es lachend aus mir heraus.
„Was habt ihr damit vor? Übers Gesicht ziehen,
damit ihr nicht mehr ganz so hässlich seid?"
Oha, ich und mein großes Maul.
Mein Magen bereitet sich schon mal
auf den nächsten Einschlag vor.
Aber Kevin grinst nur.
„Hey, bei meinem ist das Haltbarkeitsdatum
vor einem Monat abgelaufen", bemerkt Stephan.
„Den will ich nicht. Hast du noch 'nen anderen?"
„Ach, Quatsch, der ist noch okay,
den kannst du ruhig nehmen,
passiert schon nichts."
„Und wenn er platzt oder so? Nein,
den will ich nicht. Gib mir einen anderen."
„Ich hab aber keinen anderen mehr.
Jetzt mach hier nicht die Lusche.

Die Dinger sind so konzipiert, dass sie noch
mindestens drei Monate länger halten,
glaub mir."
„Okay, dann nimm du den
und ich krieg deinen dafür."
„Du behältst den jetzt und basta!
Das nächste Mal kannst du ja welche besorgen,
wenn dir meine nicht passen!"
„Oh, Mann, habt ihr's jetzt bald?",
stöhnt Baumann ärgerlich. „Wenn ihr hier
noch länger blöd rumdiskutiert, sind
die Dinger echt abgelaufen. Hier, du kannst
meinen haben, Stephan. Und jetzt lasst uns
endlich da reingehen, verdammt!"
„Okay, Abmarsch", sagt Kevin und zieht mich
an sich heran. „Und du passt schön auf,
Frohwein. Wenn da drinnen irgendwo ein Licht
angeht, vor allem im Zimmer der Alten,
dann sprintest du zu dem Fenster
da hinten links und klopfst dreimal fest dagegen.
Hast du das kapiert, Frohwein?"
„Dreimal an das Fenster der Alten klopfen,
kein Problem, gebongt", grinse ich ihn an.

„Sehr witzig, Frohwein. Und solltest du
nicht mehr da sein, wenn wir fertig sind,
dann war das dein letzter Joke.
Also, los, Leute."
Er boxt mir noch kräftig auf den Arm und
die drei schleichen los in Richtung Eingang.
Als sie hinter der Tür verschwunden sind,
setze ich mich neben einen Busch ins Gras,
die Hausfront fest im Blick.
Warum haue ich eigentlich nicht einfach ab?
Ich meine, nicht um diese Idioten bei Wismuth
anzuschwärzen, das ist nicht mein Stil.
Aber ich könnte doch jetzt ganz locker
zurücklaufen, mich in mein Bett legen
und so dem aus dem Weg gehen,
was diesen Schwachköpfen vielleicht
nachher noch einfällt mit mir anzustellen.
Warum mache ich das nicht einfach?
Ich weiß leider warum. Es klingt bestimmt
oberbescheuert, aber ich habe diesen Affen
mein Ehrenwort gegeben.
Und dazu stehe ich, egal wie bekloppt das ist.
Ein Ehrenwort ist ein Ehrenwort,

das ist nun mal meine Einstellung.
Wenn mir jemand sein Ehrenwort gibt,
will ich ihm ja auch vertrauen können,
also darf ich meins nicht brechen.
Ich bezweifle zwar,
dass Kevin das ähnlich sieht,
aber das tut nichts zur Sache.
Hier geht es nur um mich,
und dass mir niemand und am allerwenigsten
ich selbst mir jemals vorwerfen können soll,
ich hätte mein Wort nicht gehalten.
Mann, das klingt echt ganz schön bescheuert.
Aber egal, so sehe ich es nun mal.
Wie lange die wohl da drinbleiben?
Keine Ahnung, wie lange so was dauert.
Wenn es überhaupt dazu kommt.
Das glaube ich nämlich immer noch nicht.
Die Kondome waren doch nur Show.
Nie im Leben lassen die Mädels sie wirklich ran.
Knutschen, ja. Ein bisschen fummeln

vielleicht auch. Aber mehr mit Sicherheit nicht.
Und in der Dusche schon gar nicht.
Das ist viel zu unromantisch für Mädchen.

Mädchen haben es doch gerne romantisch,
wie in den ganzen Fernsehserien.
Nie und nimmer machen die es …
„Na, hast wohl keine abgekriegt?"
Ich zucke zusammen und springe
erschrocken mit einem Satz auf die Beine.
„Keine Angst, ich beiße nicht."
Das will ich aber auch hoffen,
der Schreck war schlimm genug.
Was zum Teufel macht dieses Mädchen
hier draußen mitten in der Nacht?
„Auch eine?" Sie hält mir ein Päckchen
Zigaretten entgegen. Ich schüttle den Kopf,
weil ich immer noch zu perplex bin,
um sprechen zu können.
„Hast ja Recht", sagt sie und zündet sich
eine an. „Ich muss auch endlich damit aufhören.
Gleich nach den Ferien ist Schluss.
Ich weiß sowieso nicht, warum ich überhaupt
damit angefangen habe."
Als der Schein des Feuerzeugs
auf ihr Gesicht fällt, erkenne ich sie.
Sie war am Lagerfeuer-Abend auch bei uns

drüben, hat aber keinen Ton gesagt
und sich allein am Rand herumgedrückt.
Ich weiß nicht warum,
aber irgendwie gefiel mir das.
„Ich heiße übrigens Caro“, sagt sie und bläst
Rauch in die Luft.
Aha, sie heißt also Caro.
Caroline, wahrscheinlich. Oder Carolin.
Gut zu wissen jedenfalls. Schöner Name.
Oh, vielleicht sollte ich mich jetzt
auch mal vorstellen, wie unhöflich von mir.
„Hi, ich bin …“
„Tobias, oder?“
Sie kennt meinen Namen? Wie das denn?
„Ja, Tobias, stimmt. Aber woher …“
„War ein Traumtor von dir heute Nachmittag.“

„Du hast mein Tor gesehen?“,
frage ich verblüfft und hoffe,
dass die Dunkelheit das aufsteigende Rot
in meinem Gesicht verbirgt.

„Klaro! Ich darf ja leider nicht mitspielen,
aber ich gucke mir jedes Spiel an,
wenn's geht. Glaubst du, ihr gewinnt
das Endspiel übermorgen?"
Moment mal, langsam, eins nach dem anderen.
Hab ich das eben richtig verstanden?
„Du spielst Fußball?"
„Ja, wieso? Was dagegen?"
„Nein ... Nein, gar nicht. Es ist nur etwas ...
etwas ungewöhnlich."
Äußerst ungewöhnlich, um genau zu sein.
Ich habe noch nie ein Mädchen getroffen,
das selbst Fußball spielt, geschweige denn
sich überhaupt dafür interessiert.
„Ungewöhnlich, ja. Und viele Freunde
macht man sich als Mädchen auch nicht
unbedingt damit. Aber das ist mir egal.
Ich will später Profi werden und
in Amerika spielen, so wie Birgit Prinz."
„Aha."
„Du weißt doch, wer Birgit Prinz ist?"
Anscheinend eine Profi-Fußballerin,
die in Amerika spielt. Ansonsten keine Ahnung.

„Aber dass die Frauen Weltmeister geworden
sind, hast du schon mitgekriegt?“
„Ja, äh, klar.“
So am Rande. Kam das überhaupt im Fernsehen?
„Ich werde auch mal Weltmeister,
das habe ich mir fest vorgenommen.
Und wenn man sich etwas ganz fest vornimmt,
kann man es auch schaffen.“
„Cool.“
Sie tritt ihre Zigarette auf dem Boden aus
und zieht sofort eine neue aus dem Päckchen.
„So wird das aber nichts mit Weltmeister“,
lächle ich sie an.
„Weißt du, was?“, sagt sie und schiebt
die Kippe zurück in die Packung.
„Du hast absolut Recht. Warum
bis nach den Ferien warten?
Hier, mach damit, was du willst.“
Sie wirft mir das Päckchen zu
und ich fange es.

„Du bist dir sicher?“, frage ich.
„Klar. Das eben war meine letzte. Für immer.“
„Okay.“

Ich kippe die Zigaretten aus dem Päckchen
auf den Boden und halte meinen Fuß darüber.
„Wirklich?", schaue ich sie noch einmal
fragend an.
Sie nickt zweimal kräftig mit dem Kopf
und ich zermalme die Glimmstängel
unter meinen Schuhen, bis nur noch Tabak-
und Papierfetzen davon übrig sind.
„Gut so?"
„Perfekt!", lächelt sie. „Vielen Dank."
„Keine Ursache, jederzeit gerne."
Wie cool. Ich habe ein Mädchen dazu gebracht,
mit dem Rauchen aufzuhören.
Vielleicht habe ich ihr dadurch sogar
die Karriere gerettet, wer weiß?
Später kann ich dann immer sagen:
Wenn ich nicht gewesen wäre,
wäre sie nie Weltmeister geworden!
Ein verdammt gutes Gefühl irgendwie.
„Warum bist du eigentlich nicht
bei deinen Kumpels da drin?", fragt sie
und nickt in Richtung des Hauses.
„Das sind nicht meine Kumpels",

fühle ich mich verpflichtet zu erklären.
„Das sind nur ein paar Idioten
aus unserer Gruppe. Ich bin ihnen
nachgeschlichen und sie haben mich erwischt.
Deswegen muss ich hier Schmiere stehen."
„Dumm gelaufen. Wärst du denn gerne da drin?"
„Wie meinst du das?"
„Na ja, ich meine, was die da so machen.
Wärst du da gerne dabei?"
„Wieso, was machen die denn?"
Na, jetzt bin ich aber mal gespannt,
was sie sagt, von wegen Kondome und so.
„Ach, komm, jetzt tu doch nicht so!",
zwinkert sie mir zu. „Du weißt ganz genau,
was da drinnen abgeht."
„Na ja, ich nehme an,
die knutschen ein bisschen rum und so."
„Nur knutschen? Nicht mehr? Glaubst du echt?"
„Keine Ahnung. Was glaubst du? Du kennst
doch die Mädels."

„Also, wenn's nach denen geht,
haben sie es alle schon hundert Mal gemacht,
mindestens. Glaub ich aber nicht.

Jede Wette, die sind alle noch Jungfrauen. Außer Jenny vielleicht, der würde ich es schon zutrauen. Aber die ist heute gar nicht dabei, so viel ich weiß."
Wusst ich's doch!
Die Kondome waren nur Show,
da läuft gar nichts in die Richtung.
Diese verdammten Angeber.
„Du hast meine Frage nicht beantwortet",
sagt Caro mit abwartender Miene.
„Frage? Welche Frage?"
„Na, ob du jetzt gerne da drinnen wärst."
„Nö, eigentlich nicht", sage ich und versuche es möglichst gleichgültig klingen zu lassen.
„Aha. Und uneigentlich?", hakt sie nach.
Mist, ich hätte das *eigentlich* weglassen sollen.
Sie mustert mein Gesicht
und versucht mir in die Augen zu gucken,
aber ich weiche ihrem Blick aus.
„Na, uneigentlich natürlich auch",
sage ich bestimmt.

„Interessiert mich doch null, was die Idioten da drinnen machen."

„Du hast noch nie ein Mädchen geküsst,
stimmt's?"
Wie bitte? Wie kommt sie denn jetzt darauf?
Steht das irgendwo auf meiner Stirn,
oder was? Ganz schön dreist, dieses Mädchen.
„Pfft!", blase ich abwinkend Luft
aus meinen Backen. „Klar, logisch,
hab ich schon, ganz oft sogar."
Ein Mal, um genau zu sein.
Aber das immerhin mit einer wesentlich
älteren Frau, eine Nachbarin.
Sie war sechs und ich war vier.
Sie wollte mir damals unbedingt demonstrieren,
was ihre Mama morgens immer in der Küche
mit dem Nachbarsonkel von gegenüber macht.
Kurz darauf ist sie weggezogen
und ich habe sie nie wieder gesehen.
Aber das muss Caro ja nicht unbedingt wissen.
„So, so, ganz oft sogar", lächelt sie mich
verschmitzt an. „Na, dann kannst du mir
 ja bestimmt zeigen, wie man richtig küsst,
nicht wahr?"
Wie bitte, was? Das hat sie jetzt

nicht wirklich gesagt, oder? Sie will,
dass ich sie küsse?
Nein, kann nicht sein, das hat sie
nie und nimmer ernst gemeint.
Sie kommt drei Schritte auf mich zu
und bleibt ganz dicht vor mir stehen.

„Was ist? Zeigst du's mir, bitte?“
Was denn, jetzt gleich?
Sie meint es tatsächlich ernst, todernst.
Ich soll sie küssen. Ich werd verrückt.
Aber wie soll ich das denn bitte schön
anstellen? Das mit dem Nachbarsmädchen
ist über zehn Jahre her.
Und schon damals wusste ich nicht genau,
was da eigentlich gerade mit mir passierte.
Nein, das schaffe ich nicht,
auf gar keinen Fall.
„Du musst dich schon ein Stück zu mir
runterbeugen“, sagt Caro und legt
ihren rechten Arm um meinen Hals.

„Äh, ja, … klar“, stammle ich
und lege ebenfalls einen Arm um ihren Hals.
Sie sieht mir tief in die Augen und ich halte
ihrem Blick stand.
Warum schlägt mein Herz auf einmal so heftig,
als hätte ich gerade das Tor des Jahrtausends
geschossen?
„Jetzt“, flüstert sie.
Ihr Mund öffnet sich leicht
und sie schließt ihre Augen. Okay, dann jetzt.
Ich schließe auch meine Augen
und bewege meinen Kopf ihrem entgegen.
Unsere Lippen berühren sich.
Nein, das war ihre Nase, verdammt!
„’tschuldigung“, flüstere ich verlegen.
„Bin wohl ein bisschen aus der Übung.“
„Schon okay“, kichert sie leise.
Wieder bewege ich mich ihrem Mund entgegen.
Ich spüre ihren Atem
kitzelnd auf meiner Operlippe.

Ja, jetzt müsste es passen,
nur noch ein kleines Stück, dann …
„Ihr seid wohl von allen guten Geistern

verlassen!", dringt eine schrille Stimme an mein Ohr. „Sofort auseinander!"
Was denn? Wir haben doch noch gar nichts gemacht! Ich zucke zurück und öffne die Augen.
„Und du ziehst das sofort wieder an!", schreit die Stimme weiter.
„Sofort, habe ich gesagt, Nicole!"
Ach du scheiße. Das gilt gar nicht uns.
Diese Stimme kommt aus den hell erleuchteten Klappfenstern des Duschraums.
Und überhaupt, fast im ganzen Haus brennt Licht. Im Zimmer der Alten, im Flur, überall.
Wann ist das denn passiert?
Ich habe doch die ganze Zeit aufgepasst.
Na gut, vielleicht war ich eben gerade mal ganz, ganz kurz abgelenkt. Mist, das habe ich wohl verbockt.
„Ab auf euer Zimmer!", poltert die Stimme wieder. „Und zwar zackig! Wir sprechen uns morgen früh noch! Und ihr drei Möchtegern-Casanovas kommt mit mir!
Was glaubt ihr, wie sich Herr Wismuth

gleich freuen wird, um diese Uhrzeit wegen euch
von mir geweckt zu werden!
Ich weiß gar nicht, was es da zu grinsen gibt,
wenn ich mit dir rede! Los, raus hier!“
Caro und ich gucken uns an und prusten beide
gleichzeitig mit den Händen vor dem Mund
lachend los.
„Ich dachte erst, die meint uns“, kichert Caro.
„Ja, ich auch“, gluckse ich zurück.
„Du solltest lieber abhauen“, sagt sie ein
bisschen ernster. „Die müssten gleich
rauskommen.“
„Ja, das sollte ich wohl.“
Und was ist mit dem Kuss?
Mein quasi erster Kuss?
Den hätte ich schon noch gerne.
Und zwar genau von ihr,
von keiner anderen.
Ich weiß auch nicht warum,
aber irgendwie mag ich sie, sehr sogar.

Kann man jemanden so sehr mögen,
den man gerade erst kennen gelernt hat?
Schon seltsam. Aber so ist es.

„Ich mache mich dann mal besser aus dem Staub“, sagt sie und geht ein paar Schritte rückwärts.
„Ja, klar“, sage ich leise und schaue sie ein bisschen traurig an. „Mach’s gut.“
„Du auch.“
Sie kehrt mir den Rücken zu und läuft langsam los in Richtung Haus.

Nein, ich kann sie nicht so einfach gehen lassen.
„Sehen wir uns beim Endspiel übermorgen?“, rufe ich ihr zaghaft hinterher.
Sie bleibt stehen ohne sich zu mir umzudrehen.
„Nur, wenn du mir versprichst mindestens zwei Tore für mich zu schießen!“
„Okay, versprochen!“, antworte ich ohne auch nur einen Moment darüber nachzudenken.
„Bis übermorgen, dann!“
„Ja, bis dann!“, ruft sie noch, und dann ist sie um eine Ecke verschwunden.

Wie cool, ich werde sie also wiedersehen.
Moment mal, was habe ich da eben versprochen?
Zwei Tore im Endspiel?
Oha, das wird nicht leicht.
Aber ich schaffe das schon irgendwie.
Ich muss es einfach schaffen.
Zwei Tore für Caro. Oder besser noch: drei.
Und vielleicht kriege ich dann ja doch noch
diesen Kuss, das wäre … Oh, Mist,
da kommen sie!
Ich kann die Stimme der Alten schon
ganz deutlich hinter der Tür hören.
Höchste Zeit hier zu verschwinden.
Ich renne los, nicht direkt über den Hügel,
sondern rechts daneben vorbei,
weil es dort keinerlei Deckung gibt.
Kurz bevor das Mädchenhaus außer Sicht gerät,
drehe ich mich noch einmal um.
Vielleicht sehe ich sie ja
hinter irgendeinem Fenster stehen. Nein,

nichts zu sehen, leider. Egal, übermorgen.
Ich spurte weiter und halte nicht mehr an,
bis ich vor unserer Tür stehe.

Ich schleiche mich an Wismuths Zimmer vorbei
in den Schlafsaal, schlüpfe hektisch
aus meinen Klamotten und klettere vorsichtig
in mein Bett.
Hoffentlich wacht Christian nicht auf.
Ich habe ihm zwar viel zu erzählen,
aber nicht mehr heute, bitte.
Heute warte ich nur noch ab,
bis die drei Idioten zurück sind,
und dann versuche ich so schnell
wie möglich einzuschlafen.
Schließlich muss ich übermorgen topfit sein
und mindestens zwei Tore schießen, am besten …
Oh, ich glaube, draußen tut sich was,
sie sind da. Die Stimme der Alten,
unverkennbar. Und Wismuths tiefes Brummen.
Leider verstehe ich kein Wort, sie scheinen
vor Wismuths Zimmer zu stehen.
Von den Jungs ist kein Mucks zu hören.
Ich glaube, jetzt ist die Alte gegangen.
Schritte nähern sich der Tür.
Die Klinke geht nacht unten
und die Tür öffnet sich einen Spalt.

„Am liebsten würde ich euch sofort
nach Hause schicken!“, höre ich Wismuth
brummen. „Aber das lohnt sich ja kaum
für die drei Tage. Die Nachtwanderung
könnt ihr allerdings vergessen.
Und das Endspiel auch.“
„Aber …“, wimmert Kevins Stimme.
„Aber wir …“
„Nichts aber!“, zischt Wismuth dazwischen.
„Ihr seid für die letzten drei Tage von allen
Gemeinschaftsaktivitäten ausgeschlossen!
Dann habt ihr genug Zeit darüber nachzudenken,
ob sich euer dummer kleiner Ausflug heute Nacht
wirklich gelohnt hat. Und jetzt ab ins Bett
mit euch! Aber leise, verstanden!“
Die Tür öffnet sich kurz komplett
und schließt sich dann wieder.
Ich höre Schritte auf mein Bett zukommen.
„Hey, Frohwein, du Arschloch!“, höre ich Kevin
am Fußende des Betts zischen. „Das war’s
 endgültig! Morgen bist du so was von dran!“
Ich bewege mich nicht und zeige
keinerlei Reaktion.

„Hörst du mich, Frohwein?
Das war das letzte Mal,
dass du uns verarschst hast!
Verabschiede dich schon mal
von deinem Gesicht!"
„Der pennt schon, die Lusche",
flüstert Stephan.
„Das wird ihm morgen auch nicht helfen",
knurrt Baumann. „Dieser miese kleine Verräter."
Hey, Moment mal!
Was heißt denn hier Verräter?
Das war doch keine Absicht.
Ich habe echt aufgepasst.
Ich war nur einen ganz klitzekleinen
Augenblick etwas abgelenkt.
„Kein Endspiel!", knurrt Kevin. „Am liebsten
würde ich ihm sofort eine verpassen!"
„Und ich würde am liebsten in Ruhe schlafen!",
erklingt Christians Stimme brummelnd unter mir.
„Verpisst euch, ihr Idioten!"
„Halt du dich da raus, okay?", zischt Kevin.
„Das hat nichts mit dir zu tun, kapiert?"
„Ich sagte, ihr sollt euch verpissen!

Und zwar gleich! Oder wollt ihr etwa,
dass ich aufstehe und euch mit meinen Füßen
den Weg zeige?“
Die drei entfernen sich murrend und
schleichend von unserem Bett.
„Tobias? Alles okay bei dir?“, fragt Christian.
„Was sollte das denn eben?“
„Ach, nichts, erklär ich dir morgen“,
flüstere ich zurück. „Bin jetzt zu müde.
Aber kannst du mir was versprechen?“
„Kommt drauf an, was denn?“
„Lass mich bitte morgen den ganzen Tag lang
auf keinen Fall irgendwo allein hingehen, okay?“
„Klar, kein Problem, gebongt. Aber was …“
„Morgen, okay? Muss jetzt unbedingt schlafen.“
„Okay, wie du willst. Nacht.“
„Ja, Nacht.“
So ein Mist aber auch. Ist doch nicht meine
Schuld, dass diese Deppen erwischt wurden.
Jedenfalls kaum meine Schuld.

Das Letzte, was ich jetzt gebrauchen kann,
ist eine verbeulte Fresse.
Denn mit einer schiefen Lippe

und zugeschwollenen Augen wird Caro mich mit Sicherheit nicht küssen, auch wenn ich zehn Tore schieße.
Aber mit Christian an meiner Seite wird schon nichts schief gehen. Hoffentlich.

♥

7

Verdammt, warum muss mein Vorname
ausgerechnet mit einem T anfangen?
Hätten meine Eltern mich nicht Albert
nennen können?
Dann hätte ich diesen Mist
wenigstens schon lange hinter mir.
Aber dann hieße ich Albert,
und das wäre eigentlich doch schlimmer als
jetzt hier als Letzter vor diesem blöden Weg
zu stehen,
weil es nach Alphabet der Vornamen geht
und leider kein Willy oder Zacharias dabei ist.
Na ja, wenigstens muss ich mir hier
keine Sorgen um eine Attacke von Kevin & Co
machen, denn die durften ja nicht mit.

Den ganzen Tag lang sind sie
um mich herumgeschlichen und haben
auf eine Gelegenheit gewartet zuzuschlagen,

aber Christian war immer in meiner Nähe
und dann haben sie sich doch nicht getraut.
Scheiße, das ist aber auch finster da vorne.
Ab und zu waren schon Schreie zu hören.
Irgendwo auf der Strecke wird man erschreckt,
hat Christian gesagt.
Aber wenn man drauf gefasst ist,
wäre es halb so wild.
Kann ich jetzt endlich loslaufen?
Ich schaue auf meine Uhr.
Nein, noch eine Minute warten.
Ach, was soll's, ich gehe einfach.
Ich taste mich Schritt für Schritt
in den Wald hinein.
Nach ein paar Metern sehe ich
so gut wie gar nichts mehr,
gerade mal den Weg unter meinen Füßen.
Ich bleibe kurz stehen, damit sich meine Augen
an diese Finsternis gewöhnen können.
Ja, schon besser, jetzt erkenne ich wenigstens
die groben Umrisse der Bäume links und rechts
von mir. So schlimm, wie ich mir
das vorgestellt hatte, ist es eigentlich gar …

Aah! Was war das?
Direkt neben mir hat etwas geraschelt.
Da, schon wieder! Wahrscheinlich nur
irgendein Waldtier.
Verzieh dich, du blödes Vieh!
Einen so zu erschrecken.
Was für Tiere gibt es hier eigentlich?
Hoffentlich war das kein Wildschwein.
Die können ganz schön aggressiv werden,
hab ich mal in einer TV-Dokumentation gesehen.
Die greifen einen richtig an, wenn man
ihren Jungen zu nah kommt.
Da war dieser eine Typ, der … Aua!
Verflucht aber auch! Ich bin über irgendwas
gestol…
„Halt ihn fest, Baumann! Los, schnell!
Das Band, Stephan! Mach schon!“
Oh, Scheiße. Das ist Kevin.
Und die anderen beiden natürlich auch.
Gott, wie ich es hasse, wenn sich Leute
nicht an ihre Strafen halten.
Die sollten alle drei brav im Haus sitzen,
nicht hier im Wald über Leute herfallen.

„Hast du's?", drängelt Kevin.
„Ja, gleich!", sagt Stephan hektisch.
„Ihr müsst ihn richtig festhalten!"
Ich werde links und rechts an den Armen gepackt
und auf den Boden gedrückt.
Jetzt kann mich nur noch eins retten:
Panik pur. Ich muss um Hilfe rufen,
so peinlich das auch hinterher sein mag.
Ich öffne gerade meinen Mund
und hole tief Luft für einen Schrei,
als sich etwas Klebriges über meine Lippen legt
und links und rechts an meine Wangen
gepresst wird.
So viel zu diesem tollen Plan.
„Sitzt es auch richtig fest?", fragt Kevin.
„Das ist Teppichband, klar sitzt das fest!",
antwortet Stephan.
„Okay, dann hoch mit ihm!"
Ich werde an beiden Armen hoch
in die Senkrechte gezogen.
Der Strahl einer kleinen Taschenlampe trifft
genau meine Augen.
„Ich sagte doch, heute bist du dran,

Frohwein!“, knurrt Kevin. „Es ist leider etwas spät geworden, ich hoffe, du verzeihst uns das!“

Klar, kein Problem. Kann ich dann wieder gehen?

„Siehst du die hier?“, sagt Kevin und richtet die Taschenlampe auf seine rechte Faust. „Guck sie genau an, denn gleich ist sie zu nah an dir dran, um sie noch richtig zu erkennen!“

Er holt aus – ein Bild, das ich in den letzten zwei Wochen zu oft gesehen habe. Aber diesmal wird mich niemand in letzter Sekunde retten. Seltsam, ich sollte mir jetzt eigentlich vor Angst fast die Hosen nass machen. Aber das ist es komischerweise nicht, woran ich denke. Klar, ich habe Angst. Aber nicht vor den Schmerzen. Alles woran ich momentan denken kann, ist Caro und die Tatsache, dass sie mich,

nachdem dieses Arschloch mit meinem Gesicht fertig ist, morgen nicht küssen wird. Und das ärgert mich mehr als alles andere.

Na los, schlag schon zu, du Idiot.
Dann habe ich es endlich hinter mir.
„Stopp!“, ruft Baumann. „Nicht ins Gesicht,
Kevin!“
Wie bitte? Was ist denn jetzt kaputt?
Seit wann ist Baumann auf meiner Seite?
„Soll doch schließlich keiner mitkriegen,
dass wir hier waren!“, fügt er erklärend hinzu.
Ach so, deswegen. Gut, mir auch recht,
sehr sogar. Dann besteht ja doch noch
Hoffnung auf diesen Kuss. Danke, Baumann.
Hast was gut bei mir, wenn ihr mit mir fertig seid.
Ich werde seitlich umgerissen
und ein Schlag landet hart in meiner Seite.
„Siehst du, so wird das gemacht“, lacht Baumann
dreckig und setzt noch einen nach.
„Immer nur auf den Körper,
damit es nicht offensichtlich ist.“
Okay, damit sind wir dann doch quitt,
du miese Ratte. Scheiße, tut das weh.
„Na gut, von mir aus“, stöhnt Kevin
enttäuscht. „Dann eben nur auf den Körper.
Schieb ihn rüber zu mir.“

Ich spüre einen harten Stoß
und torkle zwei Schritte auf Kevin zu,
der mich mit einem Magentreffer abbremst.
„So besser?“, lacht er dreckig.
„Wunderbar, genau so!“, lacht Baumann zurück.
„Jetzt ich!“, ruft Stephan.
„Lasst mich auch mal!“
Und wieder ein harter Stoß.
Ich habe Mühe mein Gleichgewicht zu halten
und drehe mich einmal um meine eigene Achse.
Eigentlich sollte mich doch jetzt wieder
jemand mit einem Schlag aufhalten,
aber es passiert nichts.
Ich stolpere einfach immer weiter vor mich hin.
„Stephan! Pass doch auf!“, ruft Kevin.
„Halt ihn fest!“
Mein Fuß bleibt an irgendetwas hängen.
Und dann geht es sehr plötzlich bergab.
„Oh, Scheiße!“, kann ich Kevin noch hören.
„Abflug, Leute! Nichts wie weg hier!“

Alles dreht sich. Ich schlage wieder und wieder
auf dem abschüssigen Waldboden auf.
Ein einziger Felsbrocken und mein Kopf

ist Matsch. Meine Hände greifen ständig
auf der Suche nach Halt ins Leere. Autsch!
Bitte lass das Krachen von einem Ast,
nicht von meinen Rippen gekommen sein.
War es das jetzt etwa, Gott?
Soll ich hier in diesem Scheiß-Wald
wegen diesen verfluchten Idioten draufgehen?
Ich bin doch noch so jung. Und vor allem
ungeküsst. Nein, das geht nicht,
das kannst du nicht bringen, Gott.
Das ist nicht fair. Verdammt, wie lang
ist dieser Scheiß-Abhang eigentlich?
Ich bete, dass ganz unten
eine in Konkurs gegangene Matratzenfirma
ihre Lagerbestände illegal entsorgt hat.
Irgendetwas kratzt tief in meinen Arm.
Stopp jetzt! Aufhören! Ich will nicht mehr!
Ich kann nicht mehr! Sofort anhalten, sonst …
Hey, es wird flacher! Sehr gut, dann müsste
es ja gleich vorbei …
Ich krache frontal und mit dem Kopf zuerst
gegen etwas Hartes, Längliches auf dem Boden.
Von hundert auf null in einer Sekunde.

Ich liege ganz still, aber in meinem Kopf
dreht sich immer noch alles.
Ich wälze mich auf den Rücken.
Jeder Knochen in meinem Körper
schreit vor Schmerzen.
Ich versuche meine Beine zu bewegen.
Gott sei Dank, das funktioniert schon mal!
Ich hebe vorsichtig meine Arme.
Der linke brennt höllisch,
aber gebrochen scheint nichts zu sein.
Okay, ich lebe noch. Immerhin etwas.
Aber was nun? Ich versuche mich aufzurichten,
aber sobald ich meinen Kopf anhebe,
fängt alles wieder an sich zu drehen.
Nein, so wird das nichts. Ich brauche Hilfe.
Hoffentlich hört mich jemand.
„Hm mh! Hm bm mh!“
Scheiße, stimmt ja, dieses verdammte Klebeband!
Ich reiße es mit einem schnellen Ruck
von meinem Mund
 und atme erst mal tief durch.
So, jetzt aber.
„Hilf…“

Hey, warum wird es denn auf einmal noch dunkler als es sowieso schon ist? Mein Kopf wird ganz schummrig und sinkt kraftlos nach hinten. Alles wird schwarz, ganz finster schwarz. Und weich, irgendwie. Kann jetzt nicht rufen. Muss schlafen. Schnell schlafen. Ja, macht das Licht ganz aus, das ist besser, sehr viel bess…

8

„…bias? Hey, Tobias? Mensch,
mach keinen Scheiß, wach auf!
Tobias, hörst du mich? Tobias?“
Ja, ja, ich höre dich, Matthias.
Bin ja nicht taub. Aber lass mich bitte
noch ein bisschen schlafen, okay?
Es ist gerade so schön hier.
„Hierher, Leute! Ich hab ihn gefunden!
Kommt schnell, das sieht nicht gut aus!
Tobias, bitte, wach auf!
Du machst einem ja richtig Angst!“
Was, wen hast du gefunden?
Was sieht nicht gut aus?
Brauchst keine Angst zu haben, ich bin ja da.
Aber erst muss ich noch ein bisschen
 schlafen, ja? Tu mir den Gefallen.
Weißt du was?
Leg dich doch einfach auch 'ne Runde hin.

Es ist echt saugemütlich hier. Apropos:
Wo sind wir überhaupt?
„Hier! Hierher! Hier unten! Kommt schnell!“,
ruft Matthias.
Mann, wer soll denn bei dem Krach noch
schlafen können. Ich öffne langsam meine Augen.
„Was … Was schreist du denn hier so rum?“,
schaue ich Matthias fragend an. „Was ist los?
Wo …“
„Oh, Gott sei Dank, du bist wieder da!“,
seufzt er erleichtert auf. „Du hast mir
vielleicht einen Schreck eingejagt!
Wie fühlst du dich? Tut dir irgendwas weh?
Wie ist das eigentlich passiert?“
Ja, das wüsste ich allerdings auch gerne.
Ich liege mitten im Wald auf dem Boden
und mein Schädel brummt,
als würden zehn Monster-Trucks darin um
die Weltmeisterschaft fahren.
Ich stütze mich auf meine Ellenbogen
und versuche mich aufzurichten.
„Nein, nicht! Nicht bewegen! Bleib besser
ganz ruhig liegen! Vielleicht ist ja was

gebrochen. Warte, bis Wismuth hier ist.
Der weiß bestimmt, was man in so einem Fall machen muss."

Wismuth? Na, der hat mir gerade noch gefehlt bei meinem Brummschädel.
Und in was für einem Fall überhaupt?
Kann mir vielleicht mal endlich jemand erklären, wie ich hierher gekommen bin?

„Hey, was ist das denn?", fragt Matthias und fingert an meinem Gesicht rum.

„Was denn? Ey, lass das! Hör auf, an mir rumzufummeln! Aua!"

Ein kurzes, ratschendes Ziehen an meiner Wange lässt mich zusammenzucken.

„Das ist Teppichband!" Matthias hält mir den Streifen vor die Nase.

„Wie kommt denn Teppichband an deine Backe?"

„Kevin", antworte ich wie aus der Pistole geschossen, und in diesem Moment fällt mir alles wieder ein.

Die Nachtwanderung, die drei Idioten, der nicht enden wollende Abhang. Oh, Mann, wie lange habe ich hier eigentlich gelegen?

„Kevin? Das war echt Kevin? Diese feige Ratte!“
„Und Stephan und Baumann.“
„Was haben die gemacht? Haben die dich einfach so da runtergeworfen, oder was?“
„Nein, das war keine Absicht. Es war quasi ein Unfall.“
„Ja, genau, ein Unfall! Ein geknebelter Unfall! Glaubst du ja wohl selbst nicht! Oh, Mann, diesmal sind sie aber echt dran! Du musst sie anzeigen. Das war schwere Körperverletzung.“
Na, hoffentlich nicht. Mir tut zwar alles weh, aber ob wirklich was kaputt ist, kann ich noch nicht sagen.
„Ach, Quatsch, anzeigen. Ist doch kaum was passiert. Und außerdem war es echt keine Absicht. Sie haben mich nur ein bisschen …“
„Jetzt nimm bloß nicht diese Arschlöcher in Schutz! Mensch, du hättest dabei draufgehen können!“
Ich nehme sie doch überhaupt nicht in Schutz. Oder doch? Ach, keine Ahnung, ich kann jetzt nicht darüber nachdenken, die Monster-Trucks

in meinem Kopf fangen gerade wieder an
Vollgas zu geben.
„Bin ich aber nicht. Gibst du mir
das Klebeband, bitte?“
„Wieso? Was willst du damit?“
„Ist doch jetzt egal. Gib es einfach her, okay?“
Er reicht mir den labbrigen Streifen
und ich knülle ihn zusammen
und schiebe ihn in meine Hosentasche.
„Na, endlich! Da sind sie ja!“, ruft Matthias
und zeigt auf etliche tanzende Lichtkegel,
die oben am Weg umherzucken. „Hier unten!
Hey, hier sind wir!“
Die Lichter sammeln sich und beginnen
zu uns herunterzusteigen.
„Kein Wort von wegen Kevin, okay?“,
zische ich Matthias an.
„Jedenfalls jetzt noch nicht.“
„Aber …“
„Bitte, Matthias! Ich muss erst mal wieder
einen klaren Kopf kriegen. Sag erst mal
nichts! Morgen sehen wir dann weiter.“
„Okay, von mir aus“, brummt er. „Aber richtig

ist das nicht. Die sollten endlich mal merken, dass man nicht ..."
„Ja, ja, du hast ja Recht. Aber bitte nicht heute. Tu mir den Gefallen."
„Aber Christian darf ich's doch erzählen?"
„Ja, wenn's sein muss. Aber er soll bloß nichts unternehmen, klar?"
„Ja, geht klar."
„Um Himmels willen!", höre ich Wismuths Stimme hinter einem der Lichtkegel.
„Ist er etwa von da oben runtergefallen? Kann er sich bewegen? Kannst du dich bewegen, Tobias? Wie ist das denn passiert, zum Teufel?"
Ich denke, es ist an der Zeit
wieder ein bisschen zu schlafen. Keine Lust, jetzt Wismuths Fragen zu beantworten.
Vielleicht legen diese blöden Monster-Trucks dann auch endlich mal eine Pause ein.
Meine Augen fallen zu.
„Tobias?", höre ich Wismuth noch. „Tobias? Verdammt, er ist ohnmächtig. Du und du, schnell! Lauft zur Krankenstation
und holt eine Trage! Und bringt am besten

gleich Doktor Schlierstein mit! Na los, worauf wartet ihr noch? Zackig! Matthias! Weißt du, wie das passiert ist? Hat er was gesagt? Konntest du mit ihm sprechen?"

„Äh, nein. Nein, er hat nichts gesagt."

Braver Junge. Gut gemacht. Könntest du bitte noch dafür sorgen, dass es nicht unbedingt Kevin und Stephan sind, die die Trage schleppen? Danke, wir sehen uns dann bestimmt morgen, hoffentlich. Ist jetzt mal bald Ruhe da oben? Irgendwann muss diesen dämlichen Monster-Trucks doch mal der Sprit ausgehen.

9

„Guten Morgen, Doktor Schlierstein.
Schläft er noch?“
„Herr Wismuth, guten Morgen. Ja, er schläft noch.“
Nein, tut er nicht, er ist schon wach.
Nur seine Augen sind noch zu müde zum Aufmachen.
„Der Junge hat sehr viel Glück gehabt.
Eine leichte Gehirnerschütterung,
zwei Rippen sind geprellt, eine etwas tiefere Schürfwunde am Arm. Das hätte auch ganz anders ausgehen können.“
„Allerdings. Ich frage mich immer noch,
wie das passieren konnte.
Ich mache diese Nachtwanderung jetzt seit zwanzig Jahren und noch nie … Hey,
was wollt ihr denn hier? Los, raus mit euch!
Es gibt nichts zu sehen. Tobias schläft noch.“

„Wie geht es ihm denn? Ist es sehr schlimm?“
„Raus hab ich gesagt! Ihr könnt später
nach ihm …“
„Nein, lassen Sie sie ruhig. Kommt rein.
Er freut sich bestimmt, wenn er
beim Aufwachen gleich ein paar Freunde sieht.“
Von wegen Freunde. Das war Kevins Stimme,
eindeutig. Was will der denn hier? Sich darin
suhlen, wie sehr er mich demoliert hat?
Tja, Pech gehabt, du Idiot. Ich lebe noch.
„Hey, jetzt drängel doch nicht so!“,
höre ich ihn wieder.
„Du bist besser mal ganz ruhig, okay?“,
zischt eine andere Stimme leise.
„Genau!“, bekräftigt eine dritte.
Christian und Matthias. Sehr beruhigend.
Ich glaube, meine Augen sind jetzt bereit,
mein Wachsein offiziell zu machen.
Ich blinzle vorsichtig an die Decke.
„Er wacht auf!“, flüstert Matthias.
Ich sage erst mal gar nichts und
schaue mich um.
Rechts von mir stehen Wismuth

und ein Mann in einem weißen Kittel.
Rings um das Bett haben sich etwa
fünfzehn unserer Jungs aufgereiht,
Stephan und Baumann inklusive.
Christian und Matthias stehen links neben mir,
Kevin hinter ihnen.
„Tobias?“ Wismuth tritt an meine Seite
und legt mit besorgtem Blick seine Hand
auf meine Schulter. „Wie fühlst du dich?“
„Geht so.“
Die Monster-Trucks sind immer noch da,
aber sie haben mittlerweile
leise summende Elektromotoren,
was schon mal wesentlich angenehmer ist.
Das Atmen kommt ein bisschen schmerzhaft,
müssen die Rippen sein.
„Das wird schon wieder, keine Sorge“,
sagt Wismuth und tätschelt meinen Arm.
„Aber jetzt sag mir doch bitte mal,
wie das bloß passieren konnte?“
„Ja!“, sagt Christian und dreht sich
demonstrativ zu Kevin um. „Das würde uns
allerdings auch brennend interessieren!“

Oh, Mann, muss das jetzt sein?
Ich bin doch gerade erst aufgewacht.
Diese Entscheidung hätte ich gerne etwas
später getroffen. Könntet ihr wohl
heute Nachmittag noch mal kommen?
Dann hätte ich noch etwas Zeit,
darüber nachzudenken. Ich schaue zu Kevin,
dann zu Stephan und Baumann.
Sie halten meinen Blicken nicht stand
und starren einer nach dem anderen
immer kleiner werdend auf den Boden.
Ja, jetzt geht euch der Arsch auf Grundeis,
was? Ein Wort von mir, nur eins,
und ihr habt mächtigen Ärger an der Backe,
mehr als ihr jemals hattet.
Oh, was für ein Fest das wäre!
Euch von hinten und auf Nimmerwiedersehen
hier rausschleichen zu sehen, ja,
das wäre es auf jeden Fall wert.
Nur ein einziges Wort.

Die Versuchung ist riesig.
„Wildschwein“, höre ich mich selbst sagen.
„Es war ein Wildschwein, glaube ich.“

Okay, die Entscheidung ist gefallen.
Mein Kopf hat sie getroffen, ohne mir
vorher Bescheid zu sagen.
Mein Bauch hätte anders entschieden,
meine Rippen wohl auch.
Aber ich bin nun mal keine Petze,
so einfach ist das im Endeffekt.
Ich schaue zu Kevin, der mich ungläubig
und mehr als überrascht anstarrt.
Tja, da staunst du, was? Aber vergiss nicht:
Ich habe jetzt etwas gut bei dir,
und zwar nicht zu knapp.
„Ein Wildschwein?“, fragt Christian fassungslos.
„Du spinnst ja wohl total! Das war doch
kein Wildschwein, das …“
„Vielleicht war es auch irgendwas anderes!“,
unterbreche ich ihn und sehe ihn ernst an.
„Es war auf jeden Fall irgendein Waldtier,
okay? Ich muss es ja wohl am besten wissen.“
„Kann schon sein, dass es ein Wildschwein war“,
sagt Wismuth. „Es gibt Wildschweine
hier in der Gegend. Aber sie haben,
soviel ich weiß, noch nie

jemanden angegriffen. Am besten, ich rufe
nachher gleich mal den Jagdaufseher an.
Der wird sich darum kümmern. Vielleicht
ein Fall von Tollwut, man kann nie wissen."
„Nein, nein!", winke ich ab. „Es hat mich
ja gar nicht angegriffen. Es hat mich
nur erschreckt und dann bin ich gestolpert
und dann ging's auf einmal bergab.
Das Wildschwein hat nichts gemacht."
Das muss ja wirklich nicht sein,
dass durch meine kleine Lüge hier
irgendeine arme unschuldige Wildsau
mit einem Loch im Pelz draufgeht.
„Ach, so", sagt Wismuth. „Na, dann ist das
auch kein Fall für die Jagdaufsicht."
Sehr gut, das beruhigt mich.
Christian und Matthias werfen mir noch
ein paar vorwurfsvolle Blicke zu,
aber ich ignoriere sie einfach.
Ich richte mich vorsichtig im Bett auf.

Geht doch eigentlich ganz gut, denke ich
und schwinge meine Beine über den Rand.
„Ich steh dann jetzt mal auf", sage ich.

„Hab ich eigentlich das Frühstück verpasst?
Ich hab einen Riesenhunger."
„Daraus wird leider nichts, junger Mann."
Der Doktor greift meine Beine
und schwingt sie zurück ins Bett. „Weißt du,
du hast eine leichte Gehirnerschütterung.
Und das bedeutet zwei Tage strikte Bettruhe.
Übermorgen kannst du wieder aufstehen.
Schwester Klara bringt dir gleich Frühstück,
keine Sorge. Wir haben hier noch niemanden
verhungern lassen."
Wie bitte, was? Das meint er doch nicht ernst,
oder? Zwei Tage? Aber mir geht's doch
ganz gut – eigentlich.
Das Summen im Kopf ist auch fast schon weg.
Und die Rippen, das ist halb so wild.
Das geht nicht. Ich kann hier nicht zwei Tage
blöd rumliegen, auf gar keinen Fall.
„Aber, ich …"
„Keine Widerrede", sagt Wismuth und sieht
mich mitleidig an. „Wenn der Doktor das sagt,
gibt's nichts daran zu rütteln."
„Ja, aber, dann …"

„Heißt das, Tobias wird heute nicht spielen?“,
fragt einer der Jungs.
Genau, gute Frage, danke, das wollte ich
auch gerade anbringen.
„Ja, das heißt es wohl leider“, seufzt Wismuth.
„Mist.“
Enttäuschtes Murmeln reihum.
Jetzt fällt es mir erst auf.
Das sind nicht irgendwelche Jungs, die mich
aus Mitleid oder Sensationsgier besuchen.
Das ist die komplette Mannschaft. Deswegen
sind sie also alle gekommen, um zu sehen,
ob ich spielen kann. Ich überlege kurz,
ob ich beleidigt oder geschmeichelt sein soll,
und entscheide mich schnell für Zweiteres.
Sie wollen gewinnen und wissen ganz genau,
dass sie mich dazu brauchen. Danke, Jungs.
„Aber ich kann spielen, ganz sicher!“,
wehre ich mich. „Mir geht’s echt schon wieder
super! Das ist absolut kein Problem!
Und danach lege ich mich sofort wieder hin,
versprochen! Bitte, Herr Doktor!
Nur dieses eine Spiel!“

„Tut mir Leid, Tobias“, schüttelt er den Kopf.
„Dieses Risiko kann ich nicht eingehen.“
„Aber ich will … Ich muss doch …“
„Nun, lass mal gut sein, Tobias“, sagt Wismuth
und versucht tröstend zu klingen.
„Wenn’s nicht geht, dann geht’s eben nicht.
Und das wird mit Sicherheit nicht
dein letztes Endspiel gewesen sein.“
Nein, das vielleicht nicht. Aber mein erstes.
Und mit aller Wahrscheinlichkeit das einzige,
bei dem ich für zwei Tore eventuell einen Kuss
kriegen kann. Das ist nicht fair.
„Aber wir packen das trotzdem, Jungs!“
Christian klatscht in die Hände. „Oder seid ihr
da etwa anderer Meinung?“
Die Jungs gucken von einem zum anderen,
allgemeines Schulterzucken.
„Klar, schaffen wir das!“, ruft Matthias
überzeugt. „Wir gewinnen dieses Spiel!
Und wir gewinnen es für Tobias!
Seid ihr alle dabei?“
„Okay.“
„Na gut.“

„Wenn du meinst."

„Von mir aus."

„Schaun mer mal."

„Na, also!", grinst Matthias. „Das ist die richtige Einstellung!"

Na ja, ich weiß nicht,
sehr überzeugend klang das nicht gerade.
Und es hilft mir auch nicht wirklich weiter.
Aber sie meinen es ja nur gut.

„Genau, macht sie fertig!", stimme ich kämpferisch mit ein. „Ich will mindestens ein 3:0 als Ergebnis hören heute Nachmittag!"

„Ist gebongt!" Christian hält mir Fünf hin und ich schlage ein. „Aber jetzt hauen wir wohl alle besser mal ab. Du brauchst deine Ruhe. Wir kommen nach dem Spiel noch mal vorbei, okay?"

„Na, das will ich aber auch hoffen!"

„Ich schaue nachher noch mal rein", sagt Wismuth. „Ruh dich aus, das ist das Beste, was du jetzt machen kannst.

Die Jungs, Wismuth und der Doktor verlassen das Krankenzimmer, während eine Schwester

kommt und ein Tablett mit Frühstück
auf dem Tisch neben mir abstellt.
„Nein, danke“, sage ich murrend. „Ich habe
keinen Hunger.“
„Ja, aber der Herr Doktor hat doch gesagt …“
„Mir egal, was der Doktor gesagt hat!
Lassen Sie’s einfach da stehen!“
„Ja, aber, du musst doch etwas essen, Junge!
Damit du wieder ganz schnell zu Kräften
kommst, weißt du?“
Ich drehe mich demonstrativ auf die Seite
und ihr den Rücken zu. Keine Lust zu essen.
Mir ist gerade mehr als nur der Appetit
verdorben worden.
Kein Endspiel, keine Tore,
keine Caro, kein Kuss.
Das wird der mieseste Ferientag meines Lebens.

10

„Nein, lassen Sie das Fenster bitte auf, Schwester Klara! Frische Luft tut mir bestimmt gut."
Außerdem fängt das Spiel gleich an, und ich habe die ganz vage Hoffnung, wenigstens ein paar entfernte Jubelschreie zu hören, auch wenn ich dann nicht weiß, wer gerade ein Tor geschossen hat.
„Versuch noch ein bisschen zu schlafen", sagt die Schwester, als sie den Raum verlässt.
„Ja, mach ich", lüge ich ihr nach. Schlafen. Den ganzen Tag habe ich fast nichts anderes gemacht. Bis auf die halbe Stunde, in der ich versucht habe, Wismuth und den Doktor zu überreden, mich wenigstens beim Spiel zugucken zu lassen.
Ich hätte ja noch nicht mal das Bett verlassen müssen, wozu hat es schließlich Räder?

Aber nein, das wäre zu viel Aufregung
für mich, sagte der Doktor und Wismuth
stimmte ihm natürlich zu.
Oh, Mann, das ist so ungerecht!
Die haben jetzt da draußen alle ihren Spaß
und Caro ist dort und ich muss hier untätig
vor mich hin faulen. Ob Caro wohl
nach dem Spiel einen anderen küsst?

Bestimmt macht sie das.
Irgendeinen, der ein schönes Tor schießt.
Aber vielleicht schießt ja keiner
ein wirklich schönes Tor?
Vielleicht gibt es ja nur Elfmeter oder so.
Dann hätte sie keinen Grund, hinterher
jemanden zu küssen, das wäre ...
Die Tür geht auf. Wenn das schon wieder
Schwester Klara mit einem Tablett voll Essen
ist, raste ich aus. Viermal hat sie heute schon
versucht, mich zwangszuernähren.
„Frohwein?"

Nein, das ist allerdings nicht Schwester Klara.
Das ist Kevin.
„Bist du wach?“
Und die anderen beiden Vollidioten,
denen ich es zu verdanken habe,
dass ich hier verschimmeln darf.
Na, ihr habt mir gerade noch gefehlt
zu meinem Glück.
„Was wollt ihr?“, frage ich so abweisend
wie möglich.
„Och, nichts weiter“, sagt Kevin.
„Nur mal gucken, wie’s dir geht.“
„Beschissen, danke. Sonst noch was?“
„Ja“, sagt Kevin und gibt Stephan
einen kleinen Stoß in meine Richtung.
„Los, gib’s ihm schon.“
„Äh, ja, hier, das ist für dich“, sagt Stephan
und legt ein *Lustiges Taschenbuch* auf meine
Bettdecke. „Damit dir nicht so langweilig ist.“
„Als kleine Entschädigung quasi.“

Baumann kratzt sich verlegen am Kopf.
„War schon verdammt cool von dir,
uns heute Morgen nicht zu verpfeifen."
„Aber hallo", nickt Stephan.
„Verdammt feiner Zug von dir",
stimmt Kevin mit ein.
Ja, ich weiß. Und jetzt habe ich sogar
ein *Lustiges Taschenbuch* dafür bekommen.
Die Welt ist ja so was von gut zu mir heute,
es ist kaum auszuhalten.
Schon mal auf die Idee gekommen,
sich vielleicht bei mir zu entschuldigen,
ihr Hornochsen?
Nein, darauf kann ich wohl lange warten.
Die wissen wahrscheinlich noch nicht mal,
wie man Entschuldigung schreibt.
„Na ja, wir gehen dann auch schon wieder",
sagt Kevin und zupft die anderen beiden
an ihren Ärmeln. „Wollten nicht stören.
Bis dann, Frohwein."
„Gute Besserung."
Stephan streicht sich verlegen durch die Haare.
„Wenn du was brauchst, gib Bescheid!",

sagt Baumann im Rückwärtsgang Richtung Tür.
„Egal was, okay?“
Ich schaue ihnen wortlos nach, bis sie
aus der Tür sind. Unglaublich, oder?
Kein *Sorry*, kein *Es tut uns Leid*, nichts.
Na ja, was soll man von solchen Idioten
auch großartig erwar…
Die Tür geht schon wieder auf. Kevins Kopf
schiebt sich durch einen Spalt herein.
Was denn jetzt noch, verdammt?
„Ach ja“, sagt er und zwinkert dabei
breit grinsend. „Wir hätten dann hier noch
eine Kleinigkeit für dich.“
Sein Kopf zieht sich zurück
und die Tür öffnet sich komplett.
„Darf ich reinkommen?“
Caro, ich werd verrückt!
Was macht sie denn hier? Das ist ja ein Ding!
Damit hätte ich nun zuallerletzt gerechnet.
Warum ist sie nicht beim Spiel? Und was
hat sie mit den drei Idioten zu tun?
Kevin winkt mir noch mal grinsend zu
und schließt die Tür hinter ihr.

Ich kann es immer noch nicht ganz fassen.
Caro ist hier. Danke, ihr Idioten.
Das ist viel besser als ein *Lustiges Taschenbuch*.

Und sogar besser als jede Entschuldigung.
„Ich meine, ich kann auch hier stehen bleiben,
wenn dir das lieber ist.“
„Was? Äh … nein, Quatsch! Komm rein!
Ich bin nur so überrascht, dich zu sehen,
sorry.“
Sie kommt auf mich zu und ich lasse schnell
und hoffentlich unauffällig das Taschenbuch
unter der Bettdecke verschwinden.
„Darf ich mich setzen?“, fragt sie.
„Ja, klar“, antworte ich und will gerade
auf den Stuhl an der Wand zeigen,
als sie sich bereits ganz dicht neben mich
auf das Bett gesetzt hat. Okay, auch gut.
„Wie geht es dir?“, fragt sie. „Die Jungs
haben mir erzählt, was passiert ist.
Ein Wildschwein, hm? Da wär ich

aber auch ganz schön erschrocken.
Aber du hast noch mal Glück gehabt,
haben sie gesagt. Es ist nichts gebrochen?“
Doch, gerade eben, mein Herz. Mein Gott,
wie schön sie ist. Und ihre Stimme und
ihre Augen und überhaupt alles an ihr.
Mein Kopf fängt wieder an zu summen.
Der Doktor hatte wohl Recht,
zu viel Aufregung ist nicht gut für mich.
Aber es fühlt sich verdammt gut an.
„Äh, nein, nichts gebrochen“, sage ich
möglichst lässig. „Nur eine leichte
Gehirnerschütterung und ein paar Prellungen,
halb so wild.“
„Na, immerhin.“
Sie streichelt tröstend meinen Arm.
„Ich hab einen ganz schönen Schreck gekriegt,
als ich das gehört habe.“
Echt? Das ist ja super! Das heißt,
sie hat sich Sorgen gemacht, um mich.

Und das bedeutet, dass ich ihr nicht ganz
gleichgültig bin, hoffe ich.
Sie sieht mich an und ich sehe sie an,

und es kommt mir wie eine Ewigkeit vor.
Du musst jetzt langsam mal wieder was sagen,
sonst sterbe ich hier in deinen Augen.
Aber sie sagt nichts.
Lange halte ich ihrem Blick nicht mehr stand,
jedenfalls nicht, ohne sie küssen zu wollen.
„Sag mal“, reiße ich mich von ihren Augen los.
„Warum bist du eigentlich nicht beim Spiel?“
„Ach, weißt du“, lächelt sie mich an.
„Ich war ja da, aber das war ganz komisch.
Ich war eigentlich mit einem Typ verabredet,
der zwei Tore für mich schießen wollte,
aber der ist einfach nicht aufgetaucht,
saß noch nicht mal auf der Reservebank.“
„Dieser Typ hat dich einfach so versetzt?“,
gehe ich grinsend darauf ein.
„Unverschämtheit!“
„Ja, nicht? Dabei machte er eigentlich
einen ganz zuverlässigen Eindruck.
Aber so sind sie eben, die Männer,
kein Verlass.“
„Hey, das kannst du so nicht sagen!
Ich zum Beispiel hätte dich nie versetzt.

Und zwei Tore hätte ich auch locker für dich
geschossen, mindestens."
„Das ist lieb von dir", sagt sie,
und ich glaube, sie wird sogar
ein bisschen rot dabei.
Wieder eine Pause, in der wir uns beide
nur ansehen und niemand etwas sagt.
„Weißt du, was er noch für mich machen
wollte?", bricht sie leise das Schweigen.
„Dieser unzuverlässige Typ? Nein, was denn?"
„Er wollte mir zeigen, wie man richtig küsst."
Oha, jetzt wird's ernst. Nicht, dass ich nicht
auf diese Antwort gehofft hatte, sehr sogar.
Aber jetzt wird es eben ernst.
„Das ist natürlich blöd", sage ich
und räuspere mich. „Ich meine,
dass er dir das jetzt nicht zeigen konnte.
Aber vielleicht … Ich meine,
wenn du nichts dagegen hättest, dann …
Also, ich könnte dir ja eventuell …"

Weiter komme ich nicht, denn ihre Lippen
verschließen meinen Mund.
Die Monster-Trucks in meinem Kopf werfen

ihre Motoren an und geben Vollgas.
Mein erster Kuss. Mir wird schwindlig.
Das ist göttlich. Ihre Lippen sind so weich.
Und so zart. Und sie riecht so gut. Und sie …
Nein! Noch nicht aufhören! Weitermachen!
Und zwar für immer! Das Leben wäre perfekt,
wenn es ein einziger langer erster Kuss wäre.
„Weißt du, was?“, flüstert sie mir ins Ohr.
„Ich bin froh, dass dieser Typ mich versetzt hat.“
„Und ich erst“, flüstere ich zurück.
Sie setzt zum nächsten Kuss an,
als das Geräusch der Türklinke an mein Ohr
dringt. Oh, nein, bitte nicht jetzt!
„Oh!“, höre ich Matthias leise sagen.
„Ich glaube, wir kommen besser später wieder.“
Ja, das glaube ich allerdings auch. Los,
raus mit euch!
„Nein, nein, nicht nötig!“, sagt Caro
und löst sich von mir. „Bleibt ruhig hier,
ich muss sowieso jetzt gehen,
sonst krieg ich drüben Ärger.“
Matthias und Christian wissen nicht so recht,
was sie machen sollen, und drücken sich

unsicher in der Tür herum. Verdammt, hättet ihr nicht fünf Minuten später kommen können? So lange wäre sie bestimmt noch geblieben.
„Ich komme morgen noch mal vorbei, okay?“, sagt sie, drückt mir noch einen schnellen Kuss auf die Lippen und steht auf.
„Ich gehe hier nicht weg“, antworte ich und sehe ihr zu, wie sie sich rückwärts in Richtung Tür bewegt.
„Bis morgen, dann“, ruft sie mir noch zu.
„Tschüss, Jungs!“ Und weg ist sie.
Ich zwicke mich kurz unter der Decke, um sicherzugehen, das alles eben nicht geträumt zu haben. Nein, habe ich nicht, ich kann ihre Lippen immer noch auf meinen spüren.
Matthias und Christian kommen grinsend an mein Bett.
Sie haben immer noch ihren Fußballdress an und sehen ziemlich kaputt aus.

„Na, wer war das denn?“, fragt Christian.
„Das war Caro“, antworte ich mit dem breitesten Grinsen der Welt.

„Und das geht euch gar nichts an.
Sagt mir lieber mal, wie das Spiel
ausgegangen ist.“
„2:0“, seufzt Matthias.
„Und zwar nicht für uns“,
schüttelt Christian enttäuscht den Kopf.
„Den einen hätte ich halten müssen“,
ärgert sich Matthias. „Aber bei dem Elfmeter
hatte ich keine Chance.“
„An dir lag's nicht.“ Christian klopft ihm
aufmunternd auf die Schulter. „Du warst
noch der Beste von uns. Wir hatten irgendwie
alle einen sauschlechten Tag heute.“
„Nächstes Jahr“, sage ich. „Nächstes Jahr
wird dieses Ding gewonnen, okay?
Ihr kommt doch nächstes Jahr wieder hierher,
oder?“
„Klaro!“, nickt Christian.
„Logisch!“, stimmt Matthias ihm zu.
„Aber nur, wenn du auch kommst!“
Was für eine Frage. Auch wenn ich es nie
vermutet hätte und ich hier mit einer
Gehirnerschütterung und Rippen-Prellungen

in einem Krankenbett liege: Dies waren
letztendlich die absolut besten Ferien
meines Lebens. Nicht nur, dass ich hier
einen fantastischen ersten Kuss
von einem fantastisch süßen Mädchen
bekommen habe, ich habe auch noch
zwei verdammt gute Freunde gefunden,
die ich sonst nie kennen gelernt hätte.

♥

Ob ich nächstes Jahr wieder hierher komme?
Das zu verhindern würden nicht mal
eine Million Kevins schaffen.
„Hand drauf! Nächstes Jahr,
gleiche Stelle, gleiche Welle!“
Ich strecke meinen Arm aus und
Christian und Matthias schlagen ein.
„Es sei denn, mein Therapeut
hat etwas dagegen.“
„Oh, Mann, der nervt, dein blöder Therapeut!“
„Genau. Dieses Wort ist nächstes Jahr
absolut tabu, kapiert?“

„Hi, hi, drangekriegt! War doch nur Spaß, Leute.“

Verdammt, geht’s mir gut.

Der Autor über sich selbst

Ich wurde 1966 in Frankfurt am Main geboren. Als Schüler war ich nicht besonders fleißig, aber sehr beliebt. Eine Schule mochte mich sogar dermaßen gern, dass sie mich gleich dreimal die achte Klasse machen ließ, ohne jeden Aufpreis. Eine andere mochte mich anfangs auch gut leiden und schenkte mir ein zweites Jahr für die elfte Klasse, aber zwei Jahre darauf waren die Lehrer dann unerklärlicherweise so böse mit mir, dass sie mich mit Hilfe eines gemeinen Tricks, genannt Abitur, von einem Tag auf den anderen einfach rauswarfen. Das Gefühl dieser tragischen und unerwarteten Ablehnung verarbeitete ich später in meinem Erstlingswerk »Der Junge Sonnenschein«. 2001 wurden »König für einen Sommer« und »Nichts wie weg!« veröffentlicht. »Ohrensausen« folgte 2002, »Bauchlandung« 2004 und »sturmfrei.« 2006.

Ursprünglich eine Karriere als Rockstar fest im Blick, musste ich als passionierter Schlagzeuger nach mehreren erfolglosen Versuchen mit verschiedenen Bands einsehen, dass mir diese Art von Ruhm verwehrt bleiben würde. Als mittlerweile eingeschriebener Student für Anglistik, Amerikanistik und Germanistik hatte ich als gescheiterter Musiker sehr viel Zeit, mit der ich nichts anzufangen wusste – bis eines Tages eine Muse in mein Leben trat und mich zum Schreiben des erwähnten Erstlings inspirierte, der Anfang einer (hoffentlich) beispiellosen Schriftstellerkarriere mit Ruhm und Reichtum und Denkmälern bis zum Abwinken.

Wer mit mir in Kontakt treten, mich beschimpfen oder (besser noch) in den Himmel loben möchte, ist herzlich eingeladen auf einen Besuch meiner Website. Unter www.jochentill.de gibt es auch jede Menge News und vieles, vieles mehr.

Lies mich ...

Leseprobe aus dem Ravensburger Taschenbuch 58201 »Ohrensausen« von Jochen Till

»One, two, three, four ...«

»Halt, stopp, aufhören! Das ist doch komplette Scheiße, Danny!«

»Was denn? Was hab ich denn gemacht?«

»Was du gemacht hast? Sag's ihm, Christopher. Sag ihm, was er gemacht hat.«

»Keine Ahnung, Vinnie. Was hat er denn gemacht?«

»Robbie, sag du's ihnen.«

»Ich? Wieso ich? Ich hab nichts bemerkt. War doch alles okay.«

»Aha. Es war also alles okay. Findest du auch, dass alles okay war, Mark?«

»Drehst du jetzt völlig durch, oder was? Wir haben gerade mal zwei Takte gespielt. Was soll denn da falsch gewesen sein?«

»Oh Mann, ihr rafft aber auch überhaupt nichts! Was für Musik machen wir?«

»Keine Ahnung. Kann ich jemanden anrufen?«

»Ich würde gerne das Publikum befragen.«

»Antwort C, Polka.«

»Ha, ha, sehr witzig, ihr Idioten! Könnt ihr nicht mal für einen Moment ernst bleiben?«

»Punk! Wir machen Punk, Vinnie! Soll ich's dir buchstabieren? P-U-N-K, Punk!«

»Fast, Danny. Das war's schon fast. Es fehlt nur noch eine

entscheidende Kleinigkeit. Und gerade du, als unser Textschreiber solltest das eigentlich wissen.«

»Okay, warte, ich hab's gleich … genau! Wir machen Punk mit Texten! Dass ich da nicht eher drauf gekommen bin! Und du hast natürlich vollkommen Recht, Texte sind schon irgendwie wichtig, wenn man …«

»Deutsche Texte, du Scherzkeks! Wir sind eine deutsche Punkband mit deutschen Texten!«

»Ja, und? Soll ich jetzt vor jedem Lied die Nationalhymne trommeln, oder was?«

»Du sollst auf Deutsch anzählen, Mann! Ist doch logisch, oder?«

»Was?«

»Eins, zwei, drei, vier! Nicht one, two, three, four! Packst du das irgendwie, Danny? Kriegst du das irgendwie gebacken?«

»Das glaub ich ja jetzt wohl nicht. Deswegen brichst du das Lied ab? Weil ich englisch angezählt habe? Oh, Mann, Vinnie! Tut das nicht unglaublich weh, so viel Dreck im Hirn zu haben? Oder was meint ihr, Leute? Der hat sie doch nicht mehr alle!«

»Dann zähl eben auf Deutsch an, Danny. Ist doch scheißegal. Hauptsache, es geht endlich weiter.«

»Genau. Wir haben noch einiges vor heute. Fang an, Danny.«

»Okay. Everyone ready? … Nur ein Spaß, Vinnie! Nur ein Spaß! Eins, zwei, drei …«

»Halt, stopp!«

»Verdammt, was ist denn jetzt schon wieder? Hey, wo willst du hin, Vinnie?«

»Ich muss mal. Wird doch wohl erlaubt sein. Bin gleich wieder da.«
»Was, schon wieder? Du warst doch gerade erst vor zehn Minuten!«
»Und? Was soll ich jetzt deiner Meinung nach machen? Mir die Blase rausnehmen lassen?«
»Ein bisschen weniger Bier während der Proben würde schon reichen.«
»Ach, leck mich, Danny. Spiel hier nicht den Moral-Apostel.«
»Wenn du aufhörst, das eingebildete Rockstar-Arschloch zu spielen.
»Zigarettenpause, Jungs.«
»Gute Idee.«
»Oh Mann, so wird das nie was! Verfluchte Scheiße!«
Ich feuere meine Drumsticks in die Ecke und stapfe wütend aus dem Raum. Das soll also unsere tolle Band sein? In zwei Wochen ist unser erster Auftritt, und wenn das mit den Proben so mies weiterläuft, wird das der größte Reinfall der Punkgeschichte, der deutschen Punkgeschichte, Verzeihung.
Vinnie kann so ein Idiot sein. Sonst ist er eigentlich nicht so, sonst ist er sogar mein bester Freund, schon seit der ersten Klasse, aber seit ich ihn als Sänger in die Band geholt habe, führt er sich auf wie Pavarotti auf Pizzaentzug. Dabei kann er noch nicht mal singen, kein bisschen, und Taktgefühl hat er auch null. Wie oft wir schon abbrechen mussten, weil er seinen Einsatz verpatzt hat … ach, was soll's, jammern bringt ja auch nichts. Irgendwie müssen wir es schaffen, in zwei Wochen fit zu sein.

»Hey, Danny. Alles klar bei dir?«

Christopher. Ich liebe Christopher.

Nein, nicht so, nur musikalisch. Er hat's einfach drauf. Spieltechnisch und vor allem als Songwriter, da ist er genial, es gibt keinen besseren. Ohne ihn gäbe es die Band nicht, wir haben sie gemeinsam gegründet, vor fast genau einem Jahr. Seine Songs und meine Texte, das hat von Anfang an zusammengepasst wie zwei Hi-Hat-Becken.

Wir sind ausgezogen, um die Lennon/McCartney des Punk zu werden, ernsthaft.

Ob bei den Beatles auch immer einer pinkeln musste? Zumindest durfte Ringo englisch anzählen, so viel steht fest.

»Vinnie geht mir tierisch auf den Sack!«

»Ja, ich weiß, mir auch«, stöhnt Christopher.

»Wir könnten schon viel weiter sein. Wir haben gerade mal drei Lieder geschafft, in einer Stunde! Was sollte denn dieser Mist mit dem deutsch Anzählen? Wir sind doch nicht beim Bund hier! Noch so eine Schwachsinnsaktion und ich schmeiß ihn raus!«

»Machst du doch eh nicht.«

»Das stimmt. Aber davon träumen darf ich doch wohl noch?«

»Wir werden das schon packen. Wir haben noch volle zwei Wochen. Ich rede nachher mal mit …«

»Hey, ihr zwei! Seid ihr zum Labern hier oder zum Proben? Schafft eure Ärsche rein, wir wollen endlich weitermachen!«

»Ich bringe ihn um, Christopher! Ich schwöre dir, ich mache ihn eigenhändig kalt, diesen verfluchten …«

»Ganz ruhig bleiben, Danny. Nur die Ruhe. Das hat Zeit bis nach den Proben. Lass uns reingehen und endlich weitermachen.«

Die nächste halbe Stunde verläuft bis auf zwei, drei Fehleinsätze von Vinnie reibungslos, und wir schaffen es sogar, fünf Lieder am Stück runterzuspielen. Eigentlich warte ich längst auf Vinnies nächste Blasenschwäche, aber er rührt sich nicht.

»Okay, das war Klasse«, sagt er und öffnet eine Dose Bier. »Was kommt jetzt?«

»*Olaf*«, sage ich nach einem Blick auf die Playlist, die neben mir auf dem Boden liegt.

»Nein, nicht *Olaf*«, protestiert Mark leise und lässt lustlos die Schultern sinken.

»Jetzt geht das wieder los«, flüstert Christopher mir zu.

Mark mag *Olaf* nicht. Eigentlich mag Mark noch nicht mal Punk so richtig, Punk ist ihm zu langweilig und musikalisch nicht anspruchsvoll genug. Mark würde viel lieber in der Band von Sherlock spielen, diesem Großkotz. Thomas Holms, Sherlock genannt. Gitarrist von Gottes Gnaden, zumindest hält er sich dafür. Hab mal mit ihm zusammen in der Musik-AG gespielt, ein widerlicher Angeber mit einem Sack voll Papas Kohle im Rücken. Ich kann solche Typen nicht ausstehen. Jedenfalls ist Mark vor einem Jahr bei ihm abgeblitzt und dann bei uns eingestiegen.

Ganz klar, er ist mittlerweile zu gut für uns, aber sein Rumgemurre kann einem manchmal schon tierisch auf die Nerven gehen.

»Können wir *Olaf* heute nicht mal weglassen?«, jault er.

»Nein, können wir nicht«, sagt Christopher. »Wir lassen keine Lieder weg, nur weil sie dir zu langweilig oder musikalisch nicht anspruchsvoll genug sind. Jedes Mal die gleiche Diskussion, verdammt!«

»Aber das ist das ganze Lied über derselbe lahme Basslauf. Können wir nicht wenigstens ein paar Breaks einbauen?«

»Zum tausendsten Mal, Mark: Du bist hier Bassist in einer Punkband. Bass und Schlagzeug sind für den Rhythmus zuständig und sonst nichts. Du willst viele Breaks? Dann musst du dir aber andere Leute suchen, irgendwelche Crossover-Idioten, oder du wirst Jazzmusiker, da kannst du dich musikalisch austoben, bis sich dein Bass dreimal um deinen Hals gewickelt hat. Aber das hier ist Punk, einfacher, simpel strukturierter Punk, und da ist jede Bassakrobatik nun mal fehl am Platz.«

»Crossover find ich supergeil!«, sagt Robbie und fängt an, irgendeinen H-Blockx-Song loszuschrubben.

Mark steigt natürlich sofort mit ein, Vinnie grölt irgendwas Unverständliches ins Mikro, und ich, na ja, ich würde eigentlich auch ganz gerne loslegen, lasse es aber, weil ich Christopher nicht in den Rücken fallen will. Was wir zurzeit brauchen, ist eben Selbstdisziplin. Rumschrubben und experimentieren können wir nach dem Auftritt wieder zur Genüge.

Zehn Minuten später haben die Jungs sich ausgetobt.

»Können wir dann jetzt bitte endlich *Olaf* spielen?«, fleht Christopher mit einem Blick zu Mark.

»Na gut, wenn's denn sein muss. Fang an, Robbie!«

Olaf beginnt ziemlich langsam mit Robbies gezupfter Gitarre. Meistens verhudelt er sich dabei ein bisschen, aber

heute klappt es perfekt. Dann steigt der Bass ein und nach zwei Läufen kommt mein Schlagzeug und das Tempo zieht an. Das schwierige an *Olaf* ist der Einsatz des Gesangs, denn der kommt gleichzeitig mit einer weiteren Temposchärfung und Vinnie packt es fast nie, den richtigen Takt zu finden.
Achtung, Vinnie, gleich, noch drei, zwei, eins …

Olaf war ein stiller Kerl,
war manisch depressiv,
seit seinem achten Lebensjahr,
als ihm sein Hund weglief.

Ja, sauber, Vinnie, weiter so, das passt genau!

Er hat versucht sich umzubringen,
doch wollt's ihm nicht so recht gelingen.
Die S-Bahn, vor die er sich legte,
entgleiste, keiner überlebte.

Die letzte Zeile kam einen Tick zu spät, aber du kriegst die Kurve noch!

Das Fenster, aus dem er sich stürzte,
lag leider tief im Keller.
Beim Essen, das mit Gift er würzte,
war seine Schwester schneller.

Denk an die Tempoänderung vor dem Refrain! Jetzt die Brücke:

Die Eltern wussten keinen Rat,
doch Olafs Bruder schritt zur Tat.
Er gab dem Bub ein kühles Bier.
Der Olaf dankte ihm dafür.

Und ab in den Refrain! Oh Scheiße, ich muss ja mitsingen! Dieser Mikroständer ist zu kurz, verdammt! Ich brauche unbedingt ganz dringend so ein Headphone-Mikro-Dingsbums.

Und aus dem Melancholiker
wurd schnell ein Alkoholiker!
Und aus dem Melancholiker
wurd schnell ein Alkohoooo-liker!

Tempo halten, Jungs! Nicht wieder langsamer werden! Ja, genau so. Was ist das denn? Die Tür geht auf. Welcher Idiot platzt denn da mitten ins Lied? Der Zuber? Was will der denn hier? Ach egal, weitermachen, Jungs! Nicht aufhören, einfach ignorieren! Nicht aufhören, Robbie! Bitte nicht … ach Scheiße! Es lief doch gerade so perfekt!

»Tach, Jungens. Wegen mir habt ihr jetzt aber hoffentlich nicht unterbrochen?«

»Nein, nein, Herr Zuber, schon in Ordnung«, lächelt Christopher. »Wir wollten sowieso gerade Pause machen. Können wir Ihnen irgendwie helfen?«

Zuber ist der Hausmeister unserer Schule, zusammen mit seiner Frau, die die Cafeteria leitet. Er hat uns diesen Proberaum zur Verfügung gestellt, das heißt, er hat den Direx so lange belabert, bis er es erlaubt hat. Der Raum liegt unter der Cafta und wurde nie genutzt; das war echt ein Glücksfall, denn Proberäume sind absolute Mangelware und sauteuer. Wir können jeden Tag hier rein, sogar am Wochenende, und unsere Instrumente und die Anlage können wir auch drinlassen, besser geht's eigentlich nicht. Zuber ist schwer in Ordnung, und manchmal können wir uns bei ihm revanchieren, indem wir helfen, irgendwelche Sachen zu schleppen. Mitten in die Proben ist er deswegen allerdings noch nie geplatzt, schon seltsam.

»Helfen? Nein … zu helfen gibt es nichts. Morgen vielleicht. Aber morgen … ach Jungens, ich weiß nicht, wie ich es sagen soll. Es … es bricht mir das Herz. Aber es hilft ja alles nichts, also sag ich's einfach. Ihr müsst … ihr müsst leider morgen hier raus, Anweisung von ganz oben.«

»Was?« Gut, dass Schlagzeuger schon sitzen, denn sonst hätte es mich umgehauen.

»Wir … müssen … hier … raus?«, stammelt Mark und legt seinen Bass auf den Boden.

»Ja … tut mir Leid, Jungens, aber so ist es.«

»Aber das … das geht nicht!« Christopher ist kreidebleich. »Wir haben doch in zwei Wochen den Auftritt! Wir … wir brauchen diesen Proberaum! Unbedingt! Das können die doch nicht machen!«